教材項目規劃小組
Teaching Material Project Planning Group

嚴美華　　姜明寶　　王立峰
田小剛　　崔邦焱　　俞曉敏
趙國成　　宋永波　　郭　鵬

加拿大方諮詢小組
Canadian Consulting Group

Dr. Robert Shanmu Chen
Mr. Zheng Zhining
University of British Columbia

Dr. Helen Wu
University of Toronto

Mr. Wang Renzhong
McGill University

中國國家對外漢語教學領導小組辦公室規劃教材
Project of NOTCFL of the People's Republic of China

NEW PRACTICAL CHINESE READER

Workbook

新實用漢語課本

3

（綜合練習冊）

主編：劉　珣

編者：張　凱　劉社會

　　　陳　曦　左珊丹

　　　施家煒　劉　珣

英譯審定：Jerry Schmidt

北京語言大学出版社
BEIJING LANGUAGE AND CULTURE
UNIVERSITY PRESS

圖書在版編目（CIP）數據

新實用漢語課本綜合練習册：繁體版 . 3/劉珣主編 .
—北京：北京語言大學出版社，2008.4
ISBN 978 – 7 – 5619 – 2049 – 7

Ⅰ. 新…　Ⅱ. 劉…　Ⅲ. 漢語 – 對外漢語教學 – 習題
Ⅳ. H195.4

中國版本圖書館 CIP 數據核字（2008）第 036045 號

版權所有　翻印必究

書　　名：新實用漢語課本綜合練習册：繁體版 . 3
責任編輯：朱洪軍
封面製作：張　靜
責任印製：汪學發

出版發行：北京語言大學出版社
社　　址：北京市海淀區學院路 15 號　郵政編碼：100083
網　　址：www. blcup. com
電　　話：發行部　82303650/3591/3651
　　　　　編輯部　82303647
　　　　　讀者服務部　82303653/3908
　　　　　網上訂購電話　82303668
　　　　　客户服務信箱　service@ blcup. net
印　　刷：北京新豐印刷廠
經　　銷：全國新華書店

版　　次：2008 年 4 月第 1 版　2008 年 4 月第 1 次印刷
開　　本：889 毫米 ×1194 毫米　1/16　印張：10.5
字　　數：159 千字　　印數：1 – 3000 册
書　　號：ISBN 978 – 7 – 5619 – 2049 – 7/H · 08038
定　　價：35.00 元

凡有印裝質量問題，本社負責調换。電話：82303590

To Our Students

Welcome to the Workbook of *New Practical Chinese Reader*!

New Practical Chinese Reader is a set of *Textbooks*, *Instructor's Manuals*, and *Workbooks*, intended to meet the needs of teachers and students both in and after class. The Workbook is provided mainly for YOU, the students, to use for after-class practices. It contains plenty of exercises on pronunciation, vocabulary, Chinese characters and grammar. It also aims to increase your communicative and linguistic competence in listening, speaking, reading, writing and translating.

These features will facilitate your language learning process:

· Equal emphasis on the fundamental language skills of listening, speaking, reading and writing;

· Ample exercises to enhance language acquisition and retention;

· A detailed, progressively graded exercise structure;

· Special attention to the key points of pronunciation in each lesson.

You will also find this series interesting, timely, and topical; highlighting the texts that are current and useful in their Western-Chinese cultural scope.

Remember a last word of advice as you begin:

Practice makes Perfect.

目　　録

CONTENTS

Lesson 27

---→

入鄉隨俗

Listening and Speaking Exercises

1. Pronunciation drills.

Read the following words or phrases aloud, paying special attention to the pronunciation of "z,zh,c,ch,s,sh,-n,-ng" and the neutral tone.

z ——最熱鬧　送到嘴裡　有朋自遠方來,不亦樂乎

zh ——正常的看法　舔手指　這樣的照相機

c ——參觀餐廳　參加聚會　對西餐感興趣

ch ——公共場所　習慣用刀叉　老茶館　坐出租車

s ——入鄉隨俗　四川寺廟　蘇州絲綢

sh ——說話的聲音　一壺水　上海的食物

-n ——來一些點心　演奏的聲音　買一斤香蕉　去銀行換錢　身體不錯

-ng——敬香茶　請安靜　乾淨的房間　自行車　漢語水平很高
　　　　聖誕節快樂

neutral tone——筷子　刀子　叉子　盤子　和尚　房子　本子　桌子
　　　　　小燕子

2. Listen to each question and circle the correct answer according to the texts.

（1）A. 陸雨平　　　B. 馬大爲　　　C. 服務員　　　D. 林娜

（2）A. 公園　　　　B. 老茶館　　　C. 咖啡館　　　D. 新茶館

（3）A. 公園　　　　B. 書店　　　　C. 咖啡館　　　D. 新茶館

（4）A. 刀子　　　　B. 盤子　　　　C. 叉子　　　　D. 筷子

3. Listen to the following dialogue and decide whether the statements are true（T）or false（F）.

（1）這家飯館現在很熱鬧。　　　　　　　　　　（　　）

（2）現在是早上九點。 （ ）

（3）中國人習慣早點兒吃晚飯。 （ ）

（4）晚上從六點到八點來這兒吃飯的人更少。 （ ）

4. Listen and fill in the blanks.

（1）西方人＿＿＿＿＿食物放在自己的盤子裡。

（2）大家一邊喝茶，＿＿＿＿＿聊天。

（3）對＿＿＿＿＿來說，這很正常。

（4）他們常常到別的地方去，＿＿＿＿＿去咖啡館。

（5）咱們到那個公園去＿＿＿＿＿。

5. Listen and write in *pinyin*.

（1）＿＿＿＿＿＿＿＿＿＿＿＿＿＿＿＿＿＿＿＿＿＿＿＿＿＿＿

（2）＿＿＿＿＿＿＿＿＿＿＿＿＿＿＿＿＿＿＿＿＿＿＿＿＿＿＿

（3）＿＿＿＿＿＿＿＿＿＿＿＿＿＿＿＿＿＿＿＿＿＿＿＿＿＿＿

（4）＿＿＿＿＿＿＿＿＿＿＿＿＿＿＿＿＿＿＿＿＿＿＿＿＿＿＿

（5）＿＿＿＿＿＿＿＿＿＿＿＿＿＿＿＿＿＿＿＿＿＿＿＿＿＿＿

6. Listen and write the characters.

（1）＿＿＿＿＿＿＿＿＿＿＿＿＿＿＿＿＿＿＿＿＿＿＿＿＿＿＿

（2）＿＿＿＿＿＿＿＿＿＿＿＿＿＿＿＿＿＿＿＿＿＿＿＿＿＿＿

（3）＿＿＿＿＿＿＿＿＿＿＿＿＿＿＿＿＿＿＿＿＿＿＿＿＿＿＿

（4）＿＿＿＿＿＿＿＿＿＿＿＿＿＿＿＿＿＿＿＿＿＿＿＿＿＿＿

（5）＿＿＿＿＿＿＿＿＿＿＿＿＿＿＿＿＿＿＿＿＿＿＿＿＿＿＿

7. Role-play.

Listen to and imitate the dialogue together with your partner. Try to get the meaning of the dialogue with the help of your friends, teachers, or dictionaries.

8. Culture experience.

你會沏茶嗎？問問你的中國朋友或老師應該怎樣沏茶。自己試着沏一次茶，這跟煮咖啡可不一樣啊！

9. Read the following audience rating of TV programs in the Beijing area and do questions-and-answers with your partner.

北京地區最新一周電視節目收視排行榜		
固定欄目收視前五名一覽表		
節目名稱	頻道	收視率（％）
天氣預報（19∶00）	BTV-1	24.2
北京新聞	BTV-1	13.1
新聞聯播	CCTV-1	12.8
第七日	BTV-1	11.9
法制進行時	BTV-3	9.3
（統計數據由 AC 尼爾森提供）		

Reading and Writing Exercises

1. **Trace over the characters, following the correct stroke order. Then copy the characters in the blank spaces.**

鄉	` ` ` ` ` ` ` ` ` 絼 絼 絼 絼 絼 絼 鄉 鄉	鄉	鄉				
叉	フ 又 叉	叉	叉				
干	一 二 干	干	干				
更	一 一 一 一 一 一 一 一 一 更 更	更	更				

2. **Write the characters in the blank spaces, paying attention to the character components.**

suí	阝 ＋ 左 ＋ 月 ＋ 辶	隨					
sú	亻 ＋ 谷	俗					
wù	矛 ＋ 夂 ＋ 力	務					

hú	士 + 冖 + 业	壺					
shāo	禾 + 肖	稍					
chá	艹 + 人 + 木	茶					
jiě	角 + 刀 + 牛	解					
nào	鬥 + 市	鬧					
zuì	曰 + 耳 + 又	最					
wǔ	冖 + 卌 + 一 + 夕 + 牛	舞					
bān	扌 + 舟 + 殳	搬					
jìng	青 + 争	静					
kā	口 + 力 + 口	咖					
fēi	口 + 非	啡					
kuài	竹 + 快	筷					
shí	人 + 良	食					
qiē	七 + 刀	切					
zuǐ	口 + 此 + 角	嘴					
zhǐ	扌 + 旨	指					
tiǎn	舌 + 忝	舔					

jìng	氵 + 爭	淨					
cān	歺 + 又 + 食	餐					

3. Give the *pinyin* of the following words and phrases and then translate them into English.

(1) 瞭解
　　買了一本書
(2) 公共場所
　　下了一場雨
(3) 一邊喝茶一邊看書
　　桌子的一邊
(4) 切蛋糕
　　一切順利
(5) 幫助
　　休息
　　考試
　　聚會
　　管理
　　檢查
　　訪問
　　翻譯
　　聲音
　　語言
(6) 東西
　　多少
　　沒有
　　買賣
　　國家
　　長短
　　大小

（7）優美
安静
刀叉
學習
鍛煉
教練
種類

4. Give the *pinyin* of the following groups of words and then translate them into English. Try to guess the meanings of the words you haven't learned and then confirm them with the help of your friends, teachers, or dictionaries.

（1）茶館
茶壺
茶葉
茶几

（2）風俗
風情
風味
風景

（3）正常
正確
正反
正月

（4）乾淨
乾杯
乾脆
幹部

（5）香茶
燒香
香港
睡得香

（6）發現
發明
發展

6

發達

發燒

5. **Match each of the following characters in the first line with that in the second to make a word according to the *pinyin* provided. Draw a line to connect the two.**

fúwù　　　cháhú　　　liáotiān　　　rènao　　　liǎojiě　　　fāxiàn

shēngyīn　sànbù　　　ānjìng　　　chǎngsuǒ　zhèngcháng　gānjìng

瞭　聊　茶　服　熱　發　聲　安　乾　正　場　散

務　鬧　天　解　音　壺　現　常　所　靜　步　淨

6. **Fill in the blanks with the correct characters.**

（1）他很_____樂。

　　　我_____定明天去。

　　　我不用叉子，用_____子。

　　　（決　快　筷）

（2）洗得很干_____。

　　　請大家安_____。

　　　（靜　掙　淨）

（3）舞臺上正在_____戲。

　　　他們在咖啡館_____茶。

　　　（喝　唱　吃）

（4）吃西餐，他用_____叉。

　　　他工作很努_____。

　　　（力　方　刀）

7. **Organize the characters in parentheses into Chinese sentences according to the *pinyin* given.**

（1）Jīntiān wǒ bǎ nǐmen dàidào zhèr lái.

　　　（我把今天這兒帶你們到來）

（2）Xīfāngrén bǎ shíwù fàngzài zìjǐ de pánzi li.
（把食物西方人自己的放在盤子裡）

_____

（3）Tāmen bǎ dà kuài de shíwù qiēchéng xiǎokuài.
（切成把大塊他們食物的小塊。）

_____

（4）Nín bǎ "rùxiāngsuísú" fānyì chéng Yīngyǔ.
（翻譯您把英語"入鄉隨俗"成）

_____

（5）Yǒude rén hái bǎ wǔtái bānjìn cháguǎn lái le.
（還把有的人茶館搬進把舞臺來了）

_____

（6）Zánmen dào qiánbian nàge gōngyuán sànsànbù.
（前邊咱們到公園去那個散散步）

_____

（7）Duì wǒmen láishuō, zhè hěn zhèngcháng.
（對來說我們, 正這很常）

_____

（8）fúwùyuán de shēngyīn bǐ shéi dōu dà.
（聲音比服務都員誰大的）

_____

8. Fill in the blanks with the correct characters according to the _pinyin_.

  陸雨平把外國朋友帶到老茶館, 去瞭解那兒的風 sú _____。外國朋友覺得茶館人太多、太熱 nao _____。林娜覺得中國人在公共 chǎng _____ 所説話的聲音太大, 她有點兒不習慣。他們決定去人少的公園一邊 sàn _____ 步, 一邊 liáo _____ 天。他們談到不同國家

8

的人有不同的風俗,不瞭 jiě ＿＿＿＿外國文化的人會覺得很不習慣。比如說,中國人吃飯用 kuài ＿＿＿＿子,西方人吃飯用刀叉。西方人把食物放在自己的盤子裡,把大塊切成小塊,再把它送到嘴裡。如果手指上有點兒食物,就 tiǎn ＿＿＿＿手指,有的中國人看了也很不習 guàn ＿＿＿＿。他們認為應該"入鄉隨俗":中國人在國外的公共場所聲音要小點兒;外國人到中國人家裡吃飯也不一定要舔手指。

9. **Character riddle.**

生在山中,一色相同。

放在水中,有綠有紅。

(The key is a kind of drink.)

10. **Fill in the blanks with the proper verbs.**

　(1)（　　）一盤點心。

　(2) 您幾位請慢（　　）。

　(3) 我（　　）應該"入鄉隨俗"。

　(4) 他把大塊（　　）成小塊,再把它（　　）到嘴裡。

　(5) 把手指上的食物（　　）乾淨。

11. **Choose the correct answers.**

　(1) 我們＿＿＿＿說聲音大,這位服務員的聲音更大。

　　　　A. 再　　　B. 已經　　　C. 正在　　　D. 沒

　(2) 到茶館來的人＿＿＿＿喜歡熱鬧。

　　　　A. 能　　　B. 還　　　C. 會　　　D. 都

　(3) 有些事兒他們＿＿＿＿覺得很不習慣。

　　　　A. 不　　　B. 會　　　C. 從來　　　D. 太

　(4) 我爸爸媽媽他們＿＿＿＿是這樣。

　　　　A. 從　　　B. 該　　　C. 也都　　　D. 會

　(5) 我＿＿＿＿是"入鄉隨俗"。

　　　　A. 就　　　B. 沒有　　　C. 想　　　D. 還要

12. **Make sentences by matching the words from part I with those from part II with lines.**

I	II
他能把這句話	最漂亮
老師的漢字寫得	一邊聽音樂
和咖啡館比，	很久的天
我們在那兒聊了	翻譯成漢語
我一邊排隊，	茶館更熱鬧

13. **Write sentences with the words given.**

For example：說　好　他　得　漢語　很　→　他漢語說得很好。

（1）國家　發現　別的　有　風俗或習慣　我　不同的

（2）切成　她　蛋糕　小塊　把

（3）入鄉隨俗　國外　我們　應該　在

（4）剛才　游　她　泳　了　一會兒

（5）在　他　中　他們　高　五個人　最

14. **Make sentences with the words given.**

（1）把……帶到……
（2）把……放在……
（3）把……留在……
（4）把……看成……
（5）把……翻譯成……

15. **Change the following sentences into the statements with complements.**

For example：她每天聊天。　→　她每天聊一個小時天。

（1）她喜歡夏天游泳。

（2）中國人習慣在午飯後睡覺。

（3）每次去銀行都得排隊。

（4）我剛才和朋友在公園散步。

（5）上課前老師說了幾句話。

16. **Translate the following sentences into Chinese, using the words given in the parentheses.**

（1）I drive to the bank.（把，到）

（2）He speaks Chinese better than me.（更）

（3）Her favorite music is Chinese folk music.（最）

（4）My teacher helps me. （幫了……忙）

（5）We chat while walking.（一邊……，一邊……）

17. **Decide whether the following statements are grammatically correct（T）or wrong（F）.**
（1）他翻譯這個詞成漢語。　　　　（　　）
（2）服務員的聲音比我們最大。　　（　　）
（3）圖書館就是最安靜的地方。　　（　　）
（4）我想在這兒聊天一會兒。　　　（　　）
（5）這個女孩一邊年輕，一邊漂亮。（　　）

18. **Decide whether the following statements are true（T）or false（F）according to the text in "Reading Comprehension and Paraphrasing" of this lesson.**
（1）蘇東坡特別喜歡去茶館。　　　　　　　　　（　　）
（2）一開始老和尚不知道他就是大文學家蘇東坡。（　　）
（3）蘇東坡不但是一位文學家，而且還是一位畫家。（　　）
（4）老和尚心裡說："阿彌陀佛！"　　　　　　　（　　）
（5）老和尚唸完蘇東坡寫的十二個字很高興。　　（　　）

19. **Answer the following questions.**

（1）你喜歡去國外旅行嗎？

（2）你去過哪些國家（或城市）？

（3）你發現那些國家（或城市）有特別的風俗習慣嗎？是甚麼？

（4）你覺得這些風俗習慣怎麼樣？你習慣嗎？

（5）對他們的風俗習慣，你應該怎麼做？

20. **Read the passages and do the following exercises.**

（1）Fill in each blank with the correct word according to the *pinyin*.

怎樣沏（qī）茶？把茶葉（cháyè）放 zài _____茶壺裡，用熱水洗一下，再用洗茶葉的熱水把茶杯洗 gānjìng _____。再往茶壺裡加 80 度到 90 度的熱水。讓它沏幾分鐘再喝。這樣沏出來的茶很香，也很好喝。

（2）Answer the following questions after reading the passage.

中國古代有位著名的書法家叫王羲之。他的兒子王獻之小時候跟着他學書法。開始的時候，父親每天讓他練習寫"大"字。寫了很久，他覺得自己已經寫得很好了，就把自己寫的"大"字拿給父親看。父親沒有說話，只是在"大"字下邊加了一點，成了"太"字，然後說："去給你母親看吧。"他拿着"太"字問母親，這個字寫得好不好？母親說："這下邊的一點跟你父親寫得一樣好。"王獻之聽了，臉紅了。從此以後，他認真練習，後來成為著名的書法家。

a. 王羲之和王獻之是甚麼關係？

b. 王羲之爲甚麼很有名？

c. 開始時，王羲之每天讓兒子做甚麼？

d. 王獻之覺得自己寫的"大"字怎麼樣？

e. 母親認爲王獻之寫"大"字寫得好嗎？

f. 王獻之爲甚麼會臉紅？

（3）Answer the questions according to the passage.

　　一天，我跟一位法國朋友在茶館喝茶，他看見服務員給一個中國人送茶時，那個中國人用手指敲桌子。他覺得這樣很不禮貌（lǐmào）。我告訴他，那位客人把手指彎（wān）着，輕輕地敲着桌子是表示感謝。

　　傳說，清朝乾隆（Qiánlóng）皇帝遊江南的時候，他很喜歡喝西湖龍井茶。每次喝茶時，他都要讓跟隨的人喝一杯龍井茶。因爲乾隆他們是化裝（huàzhuāng）成老百姓的，跟隨的人不能像在皇宮那樣跪拜（guìbài）感謝，他們就把右手手指彎曲成跪拜的樣子，在桌上輕輕地敲着，表示感謝皇上。後來這種表示感謝的方式流傳到了民間。現在在中國南方，在飯桌上別人給自己倒（dào）茶倒酒時，常用這種方式表示感謝。

　　這位法國朋友聽了，說："哦！我懂了。這不是很不禮貌，而是很禮貌。"

　　a. 彎着手指敲桌子表示甚麼意思？

　　b. 這種表示感謝的方式是從甚麼時候開始的？

21. **Complete Lin Na's diary according to the texts of this lesson.**

6月8日　　晴

　　今天朋友把我帶到了一家茶館。中國人喜歡喝茶就和外國人喜歡喝咖啡一樣。可是我發現,茶館和咖啡館很不一樣。咖啡館很安靜,人們說話的聲音很小。但是來茶館的人都喜歡熱鬧,他們說話的聲音很大,服務員的聲音更大……

22. **Use at least 8 words and phrases from the following list to describe one custom different from yours.**
瞭解　風俗　習慣　發現　比如　看法　正常　食物　把……　更
最　入鄉隨俗　對我們來說　我看　應該

23. **Read the authentic material. Can you tell what it is? What information can you find in the material?**

世界部分城市天氣預報		
(6月8日22:00到6月9日22:00)		
城市	天氣	温度(°C)
北京	陰有陣雨	22/29
東京	晴	23/28
莫斯科	陰	10/25
法蘭克福	多雲	15/24
紐約	雷陣雨	14/24
舊金山	多雲	12/23
曼谷	雷陣雨	29/35
悉尼	小雨	15/26
卡拉奇	晴	29/39
開羅	晴	19/33
巴黎	多雲	12/21
倫敦	小雨	15/23
柏林	多雲	17/26

第二十八課
Lesson 28

禮輕情意重

Listening and Speaking Exercises

1. Pronunciation drills.

Read the following words or phrases aloud, paying special attention to the pronunciation of "b,p,j,x,sh,zh".

b ——準備　月餅　毛筆　文房四寶　乾杯　不過　表示　別人　一般

p ——兩瓶啤酒　紀念品　名牌旗袍　那麼漂亮　排隊買票　去派出所

j ——葡萄酒　毛巾　中秋節　驚喜　人間　團聚在一起　借書證

x ——希望　小意思　感謝　姓名　性別　擔心你們不喜歡　仙女

sh——水果　賞月　書法水平　收到明信片　表示　神話故事

zh——準備禮物　主角之一　尊重老師　中餐　重要的節日

2. Listen to each question and circle the correct answer according to the texts.

（1）A. 中秋節　　　B. 春節

（2）A. 絲綢圍巾　　B. 名牌毛筆　　C. 音樂光盤　　D. 中秋月餅

（3）A. 絲綢圍巾　　B. 加拿大糖　　C. 音樂光盤　　D. 中秋月餅

（4）A. 加拿大糖　　B. 名牌毛筆　　C. 音樂光盤　　D. 中秋月餅

（5）A. 絲綢圍巾　　B. 中秋月餅　　C. 名牌毛筆　　D. 加拿大糖

3. Listen to the following dialogue and decide whether the statements are true（T）or false（F）.

（1）春節他們沒有見面。　　　　　　　　　　　　　　（　　）

（2）朋友送的禮物她都喜歡。　　　　　　　　　　　　（　　）

（3）有的人馬上把禮物打開看,是尊重送禮物的人。　　（　　）

（4）有的人不馬上把禮物打開看,也是尊重送禮物的人。（　　）

（5）中國人收到禮物跟外國人一樣，馬上打開看。　　　　（　　）

4. Listen and fill in the blanks.

（1）中秋節＿＿＿＿＿＿春節熱鬧。

（2）我們＿＿＿＿＿＿一些禮物送給你們。

（3）這＿＿＿＿＿＿是小紀念品？

（4）加拿大糖＿＿＿＿＿＿很有特色嗎？

（5）朋友送的禮物＿＿＿＿＿＿會不喜歡呢？

5. Listen and write in *pinyin*.

（1）＿＿＿＿＿＿＿＿＿＿＿＿＿＿＿＿＿＿＿＿＿＿＿＿＿＿

（2）＿＿＿＿＿＿＿＿＿＿＿＿＿＿＿＿＿＿＿＿＿＿＿＿＿＿

（3）＿＿＿＿＿＿＿＿＿＿＿＿＿＿＿＿＿＿＿＿＿＿＿＿＿＿

（4）＿＿＿＿＿＿＿＿＿＿＿＿＿＿＿＿＿＿＿＿＿＿＿＿＿＿

（5）＿＿＿＿＿＿＿＿＿＿＿＿＿＿＿＿＿＿＿＿＿＿＿＿＿＿

6. Listen and write the characters.

（1）＿＿＿＿＿＿＿＿＿＿＿＿＿＿＿＿＿＿＿＿＿＿＿＿＿＿

（2）＿＿＿＿＿＿＿＿＿＿＿＿＿＿＿＿＿＿＿＿＿＿＿＿＿＿

（3）＿＿＿＿＿＿＿＿＿＿＿＿＿＿＿＿＿＿＿＿＿＿＿＿＿＿

（4）＿＿＿＿＿＿＿＿＿＿＿＿＿＿＿＿＿＿＿＿＿＿＿＿＿＿

（5）＿＿＿＿＿＿＿＿＿＿＿＿＿＿＿＿＿＿＿＿＿＿＿＿＿＿

7. Role-play.

Listen to and imitate the dialogue together with your partner. Try to get the meaning of the dialogue with the help of your friends, teachers, or dictionaries.

8. Culture experience.

你會唱中文歌嗎？向你的中國朋友學一首。先把歌詞寫下來,學習它的意思,再給你的朋友講一講這首歌的意思。

Reading and Writing Exercises

1. **Trace over the characters, following the correct stroke order. Then copy the characters in the blank spaces.**

之	、 ㇒ 之	之	之				
韋	㇒ ㇇ 五 卉 吾 吾 查 查 韋	韋	韋				

2. **Write the characters in the blank spaces, paying attention to the character components.**

zhòng	千 + 里	重					
zhǔn	冫 + 隹 + 十	準					
bèi	亻 + 莆	備					
bǐng	食 + 并	餅					
pí	口 + 卑	啤					
shǎng	⺌ + 口 + 貝	賞					
jì	糹 + 己	紀					
niàn	今 + 心	念					
pǐn	口 + 口 + 口	品					
xī	乂 + 布	希					
wàng	亡 + 月 + 王	望					

bǐ	竹 + 聿	筆					
bǎo	宀 + 王 + 缶 + 貝	寶					
pái	片 + 卑	牌					
wéi	囗 + 韋	圍					
dài	土 + 田 + 共 + 戈	戴					
bēi	木 + 不	杯					
chēng	禾 + 爯	稱					
zàn	言 + 先 + 先 + 貝	讚					
shì	二 + 小	示					
zūn	丷 + 酉 + 寸	尊					
jīng	苟 + 攵 + 馬	驚					
bān	舟 + 殳	般					
yì	言 + 宜	誼					
dān	扌 + 詹	擔					
táng	米 + 广 + 聿 + 口	糖					

3. **Give the *pinyin* of the following words and phrases and then translate them into English.**

　　（1）關上門

　　　　戴上圍巾

　　　　寫上名字

　　　　帶上護照

（2）打開禮物
　　打開書
　　切開蘋果
　　搬開桌子

（3）茶館　　　愛情　　　蛋糕
　　茶杯　　　西餐　　　電腦
　　火鍋　　　汽車　　　毛筆
　　電視　　　廚房　　　客廳
　　臥室　　　宿舍　　　花園
　　劇院　　　禮物　　　美術
　　商店　　　特色　　　字畫
　　小孩　　　醫生　　　舞臺
　　圍巾　　　春天　　　今年
　　中秋　　　外國　　　月餅
　　水果　　　名片　　　油畫
　　音樂　　　漢語

4. Give the *pinyin* of the following groups of words and then translate them into English. Try to guess the meanings of the words you haven't learned and then confirm them with the help of your friends, teachers, or dictionaries.

　　（1）中餐
　　　　西餐
　　　　早餐
　　　　自助餐
　　（2）啤酒
　　　　葡萄酒
　　　　喝酒
　　　　酒店
　　（3）月亮
　　　　月餅
　　　　五月
　　　　正月

（4）尊重
　　輕重
　　重量
　　重要
（5）擔心
　　關心
　　開心
　　小心
　　中心
（6）特色
　　特長
　　特別
　　特殊

5. **Match each of the following characters in the first line with that in the second to make a word according to the _pinyin_ provided. Draw a line to connect the two.**

zhǔnbèi　　yuèbing　　píjiǔ　　míngpái　　máobǐ　　jìniàn
zūnzhòng　　chēngzàn　　wéijīn　　xīwàng　　jīngxǐ　　yǒuyì

月　準　名　啤　紀　毛　稱　尊　希　圍　友　驚

牌　念　餅　備　筆　酒　望　巾　讚　喜　重　誼

6. **Fill in the blanks with the correct characters.**

（1）這是名_____毛筆。　　（啤　牌）
（2）我們中秋節吃月_____。（餅　拼）
（3）禮輕_____意重　　　　（清　情）
（4）她_____一條絲綢圍巾。（帶　戴）
（5）他們幫我_____書。　　（搬　般）
（6）我們表_____感謝。　　（是　示）

7. **Organize the characters in parentheses into Chinese sentences according to the _pinyin_ given.**

（1）Zhōngqiū Jié yǒu Chūn Jié nàme rènao ma?
（有春節中秋節熱鬧嗎那麼）

_____

（2）Zhōngqiū Jié méi yǒu Chūn Jié nàme rènao.
（沒有春節那麼中秋節熱鬧）

_____

（3）Wǒmen yǒu yìxiē lǐwù sònggěi nǐmen.
（有你們一些我們給禮物送）

_____

（4）Zhè nǎr shì xiǎo jìniànpǐn?
（這紀念是小品哪兒）

_____

（5）Jiānádà táng bú shì hěn yǒu tèsè ma?
（糖是加拿大不特色很有嗎）

_____

（6）Péngyou sòng de lǐwù zěnme huì bù xǐhuan ne?
（朋友送朋友的怎麼禮物會不呢喜歡）

_____

（7）Lín Nà dàishang zhè tiáo piàoliang de wéijīn gèng piàoliang le.
（林娜更圍這條漂亮的巾戴上漂亮了）

_____

（8）Wǒmen mǎshàng bǎ lǐwù dǎkāi.
（馬上我們把打開禮物）

_____

8. Fill in the blanks with the correct characters according to the *pinyin*.

外國朋友第一次跟中國朋友在一起過中秋節。他們一起吃月餅，一起 shǎng _____ 月，還互相送些小禮物。宋華知道丁力波喜歡中國書法，就送了他一支名 pái _____ 毛筆，希望他字寫得更好。王小雲送給漂亮的林娜一條絲綢 wéi _____ 巾，希望她更漂亮。陸雨平知道馬大爲喜歡中國音樂，就送了他一套音樂光 pán _____。外國朋友也有一些禮物送給他們，不過他們沒有馬上打開看。外國朋友很奇怪，他們認爲把禮物打開看，chēng _____ 讚禮物，表示感謝，這是 zūn _____ 重送禮物的人。當然，也希望自己能得到一種 jīng _____ 喜。但是中國朋友收到朋友的禮物後，一般不馬上打開看，他們覺得這也是尊重送禮物的人。因爲送甚麼禮物不重要。禮 qīng _____ 情意重，重要的是友 yì _____。

9. Character riddle.

有面沒有口，有腳沒有手。
雖有四條腿，自己不會走。

(The key is a piece of furniture.)

(Key to the riddle in Lesson 27：茶)

10. Fill in the blanks with the proper verbs.

（1）林娜（　　　）上這條漂亮的圍巾就更漂亮了。
（2）我們收到禮物，就馬上把它（　　　）開。
（3）中秋節沒（　　　）春節那麼熱鬧。
（4）我有很多練習要（　　　）。
（5）你（　　　）到哪兒去了。

11. Choose the correct answers.

（1）我_____有更好的禮物送給大爲。
　　　　A. 沒　　　B. 已經　　　C. 都　　　D. 也
（2）你們拿到禮物以後，_____看看外邊，沒有打開。
　　　　A. 能　　　B. 只　　　C. 也　　　D. 都
（3）你們的習慣我_____不懂了。
　　　　A. 也　　　B. 會　　　C. 應該　　　D. 就

（4）我們＿＿＿＿＿＿＿有點兒擔心呢。

    A. 從   B. 還   C. 就   D. 會

（5）你們爲甚麼 ＿＿＿＿＿＿＿要打開看呢?

    A. 不   B. 沒有   C. 馬上   D. 還要

12. **Make sentences by matching the words from part I with those from part II with lines.**

    I   II

   我有個問題   送給我們

   我沒有司機   國內主要的大學之一

   朋友有紀念品   辦借書證呢

   這所大學是   想問問你

   我還得去圖書館   開車開得好

13. **Write sentences with the words given.**

For example：說　好　他　得　漢語　很　→　他漢語說得很好。

（1）電腦　沒有　名牌電腦　那種　不一定　好

（2）不知道　喜歡　喝茶　喜歡　你　不

（3）你　嗎　那麼　你爸爸　高　有

（4）送的　朋友　禮物　呢　喜歡　怎麼　不　會

（5）馬上　收到　就　我們　把　打開　它　禮物

14. **Make sentences with the words given.**

（1）……有沒有……這麼……

（2）……沒有……那麼……

（3）……不是……嗎?

（4）……怎麼會……

（5）……有……做

15. **Change the following sentences into the statements with the complement "上" or "開".**

For example：進了教室請關門。 → 進了教室請關上門。

（1）請在表格內寫你的名字。

（2）出國旅行要帶護照。

（3）讓我們來切生日蛋糕。

（4）天冷，出門前要穿厚衣服。

（5）收到禮物後，要不要馬上拆呢？

16. **Translate the following sentences into Chinese, using the words given in the parentheses.**

（1）Is Canadian candy better than American candy? (有⋯⋯嗎？)

（2）I could not run so fast as you. (沒有)

（3）How could he love music so much? (怎麼)

（4）I have a lot of work to do on Sundays. (有)

（5）Could you please fill in the blanks with your name? (寫上)

17. **Decide whether the following statements are grammatically correct (T) or wrong (F).**
（1）妹妹已經有姐姐那麼高了。 （ ）
（2）她有我那麼吃東西嗎？ （ ）
（3）我剛才有去圖書館。 （ ）
（4）我們沒有更好的東西送給你禮物。（ ）
（5）外國人喜歡馬上打禮物。 （ ）

18. Decide whether the following statements are true (T) or false (F) according to the text in "Reading Comprehension and Paraphrasing" of this lesson.

（1）中秋節賞月是從宋朝開始的。　　　　　　　　（　　　）

（2）嫦娥吃了丈夫交給她的藥，就飛到月宮裡去了。（　　　）

（3）中秋節是每年的八月十五。　　　　　　　　　（　　　）

（4）唐明皇覺得月宮沒有皇宮那麼安靜，那麼高大。（　　　）

（5）中秋節這一天，一家人要團聚在一起。　　　　（　　　）

19. Answer the following questions.

（1）你過過外國的節日嗎？

（2）你收到過外國朋友的禮物嗎？是些甚麼禮物？

（3）你收到禮物的時候說甚麼？

（4）你送過外國朋友禮物嗎？

（5）你送別人禮物的時候說甚麼？

20. Read the passages and do the following exercises.

（1）Translate the following words according to the passage.

中秋節的傳說（chuánshuō）很多。這兒讓我們看看"玉兔"的故事。

傳說，狐狸（húli）、兔子（tùzi）和猴子（hóuzi）在一起修煉（xiūliàn）。天帝想試一下，看它們誰最熱情、最真誠（zhēnchéng）。他化裝（huàzhuāng）成一個老人，對他們三個說："我是從很遠的地方來的。已經有兩天沒有吃東西了，現在又累又餓。你們能不能給我一點兒吃的？"

他們三個都說："可以。"

很快，狐狸送來了一條魚，它說："你吃吧，老頭兒。"

接着,猴子帶來了幾個水果,走到老人面前說:"給你,老頭子。"

過了很久,兔子才慢慢地走來。它說:"老爺爺,我個子小,又不能上樹。跑了很多地方,沒有抓到動物,也沒有找到水果,真是對不起。你如果非常餓的話,就把我當作食物吃了吧。"說完它就跳進火裡。天帝覺得兔子很真誠,非常感動。他連忙把兔子從火裡拉出來,並把它帶到了月宮。它就是月宮裡的玉兔。

    a. 狐狸

    b. 兔子

    c. 猴子

    d. 真誠

    e. 化裝

    f. 老頭兒

(2) Complete the following statements according to the passage.

中秋節吃"月餅"的風俗已經有很久的歷史了。不過,"月餅"這個名稱是從清代乾隆時候才開始有的。傳說,乾隆皇帝遊山玩水到了杭州,那天正是中秋節。他跟杭州的讀書人在西湖邊賞月。乾隆皇帝說:"好月,好餅,月亮圓,月餅甜,多麼美好的中秋佳節!"從此,皇宮裡就把中秋節吃的甜餅叫做"月餅"。後來,這個名稱流傳到全國,一直到現在。

    a. 月餅是_____吃的食品。

    b. 月餅這個名稱是從_____開始有的。

    c. 月餅這個名稱是_____最先說的。

(3) Answer the questions according to the passage.

毛筆是文房四寶之一。

在中國古代漢字裡,"筆"字像用手握筆寫字的樣子。中國人用毛筆寫字的歷史已經有兩千多年了。傳說,毛筆是蒙恬(Méng Tián)發明的。他是秦始皇的一位大將軍,要常給秦始皇寫報告。沒有毛筆以前,他得用刀一個一個地在木片上刻字,寫個報告很不容易。後來,他把羊毛捆在一根小棍子頭上,蘸(zhàn)上墨水寫字,很好用。這就是最早的毛筆。

現在我們有很多別的筆了,比如鉛筆(qiānbǐ)、鋼筆(gāngbǐ)、圓珠筆(yuánzhūbǐ),還有電腦、手機。人們可以不用毛筆寫漢字了,但很多人對漢字的書法藝術很感興趣。他們每天都寫毛筆字,練書法。丁力波不但漢語説得很流利,而且漢字也寫得很漂亮。他很喜歡用名牌毛筆練書法。

   a. 中國人用毛筆寫字有多長的歷史了?

   b. 毛筆是誰發明的?

   c. 在沒有毛筆以前,古代中國人用甚麽寫字?

   d. 你對漢字的書法藝術感興趣嗎?

(4) Answer the following questions after reading the passage.

東西方國家對數字的感情

    在西方,人們一般都不喜歡"13"這個數字。因爲在基督教的故事裡,背叛耶穌(Jesus)的人正是他的第 13 個信徒。西方的許多高樓都沒有第 13 層,從第 12 層就到了第 14 層。在中國,人們也有不喜歡的數字——4。因爲 4 的讀音是 si,而"死"的發音也是 si,兩個字的聲音很像。有的人認爲,説"4"好像説"死"一樣,很不吉利。所以,有的樓房把第 4 層寫成第 F 層。中國人特别喜歡 6、8 和 9。因爲他們認爲 6 就是順利(successful)的"順",8 就是發財(making a pile)的"發",9 就是天長地久(everlasting)的"久"。有這三個數字的電話號碼和車牌號碼,一般都會比沒有的貴很多。

   a. 爲甚麽西方人不喜歡"13"這個數字?

   b. 爲甚麽中國人不喜歡"4"這個數字?

   c. 西方的樓房怎麽對待不吉利的數字?

   d. 中國的樓房對待不吉利的數字與西方有甚麽不同?

e. 中國人爲甚麼喜歡"6""8""9"這些數字?

f. 電話號碼和車牌號碼裡有"6""8""9"的和沒有的有甚麼不同?

21. **Complete the passage according to the texts of this lesson.**

今天是我的生日,與以前不同,這次有中國朋友和我一起過。我準備了生日蛋糕、水果、茶、可樂,我們一邊吃東西,一邊聊天,非常開心。中國朋友送了我一些生日禮物,它們都很有特色,我非常喜歡……

22. **Use at least 8 words and phrases from the following list to describe one of the festivals in your country.**

過　節日　重要　準備　禮物　希望　名牌　那麼　小意思　不過
表示　得到　別人　一般　擔心　禮輕情意重　特色　原來　不一樣
喜歡

請多提意見

Listening and Speaking Exercises

1. Pronunciation drills.

Read the following words or phrases aloud, paying special attention to the pronunciation of "j,q, x,z".

j——家裡有書架　君子蘭的葉子　比較　教授　澆水　文學家
漢語句子

q——請多提意見　牆上　整整齊齊　太謙虛了　旗袍　前門　多少錢

x——修整盆景　師不必賢於弟子　互相學習　關心　希望

z——一幅字畫　走得很整齊　主要作品　打掃院子　稱讚

2. Listen to each question and circle the correct answer according to the texts.

(1) A. 古書　　　　B. 盆景　　　　C. 文房四寶　　D. 中國字畫

(2) A. 起牀以後　　B. 工作累的時候　C. 吃飯以前　　D. 休息以前

(3) A. 林娜　　　　B. 馬大爲　　　C. 丁力波　　　D. 張教授

(4) A. 林娜　　　　B. 馬大爲　　　C. 丁力波　　　D. 張教授

(5) A.《書法藝術》　　　　　　　B.《漢字書法作品》

　　 C.《漢字書法藝術》　　　　　D.《漢字書法課本》

3. Listen to the following dialogue and decide whether the statements are true (T) or false (F).

(1) 女的也認爲張教授很謙虛。　　　　　　　（　　）

(2) 張教授說自己的字很好。　　　　　　　　（　　）

(3) 張教授寫了一本關於養花的書。　　　　　（　　）

(4) 學生要向老師學習,老師不用向學生學習。（　　）

(5) 學習漢語還應該瞭解中國的文化特色。　　（　　）

4. Listen and fill in the blanks.

（1）書房的牆上＿＿＿＿＿＿着中國字畫。

（2）外邊還整整齊齊地＿＿＿＿＿＿着這麼多花兒和盆景。

（3）＿＿＿＿＿＿花是不太難。不過,讓它常開花,就不容易了。

（4）盆景要常常＿＿＿＿＿＿才會好看。

（5）學習書法要每天都認認真真地＿＿＿＿＿＿。

5. Listen and write in *pinyin*.

（1）＿＿＿＿＿＿＿＿＿＿＿＿＿＿＿＿＿＿＿＿＿＿＿＿＿＿＿＿＿＿

（2）＿＿＿＿＿＿＿＿＿＿＿＿＿＿＿＿＿＿＿＿＿＿＿＿＿＿＿＿＿＿

（3）＿＿＿＿＿＿＿＿＿＿＿＿＿＿＿＿＿＿＿＿＿＿＿＿＿＿＿＿＿＿

（4）＿＿＿＿＿＿＿＿＿＿＿＿＿＿＿＿＿＿＿＿＿＿＿＿＿＿＿＿＿＿

（5）＿＿＿＿＿＿＿＿＿＿＿＿＿＿＿＿＿＿＿＿＿＿＿＿＿＿＿＿＿＿

6. Listen and write the characters.

（1）＿＿＿＿＿＿＿＿＿＿＿＿＿＿＿＿＿＿＿＿＿＿＿＿＿＿＿＿＿＿

（2）＿＿＿＿＿＿＿＿＿＿＿＿＿＿＿＿＿＿＿＿＿＿＿＿＿＿＿＿＿＿

（3）＿＿＿＿＿＿＿＿＿＿＿＿＿＿＿＿＿＿＿＿＿＿＿＿＿＿＿＿＿＿

（4）＿＿＿＿＿＿＿＿＿＿＿＿＿＿＿＿＿＿＿＿＿＿＿＿＿＿＿＿＿＿

（5）＿＿＿＿＿＿＿＿＿＿＿＿＿＿＿＿＿＿＿＿＿＿＿＿＿＿＿＿＿＿

7. Role-play.

Listen to and imitate the dialogue together with your partner. Try to get the meaning of the dialogue with the help of your friends, teachers, or dictionaries.

8. Culture experience.

你會中國書法嗎?問問你的中國朋友應該怎麼寫,然後用毛筆和墨水在白紙上試着寫幾個漢字。

9. Point out the characters you know from the following calligraphic copybook and try to imitate them.

張翰字季鷹吳郡人有
清才善屬文而縱任不拘
時人號之為江東步兵後
謝同郡顧榮曰天下紛紜
難未有 夫有四海之名者
求退良難 吾本山林間人

Reading and Writing Exercises

1. Trace over the characters, following the correct stroke order. Then copy the characters in the blank spaces.

必	丶 心 心 心 必	必	必				
互	一 工 互 互	互	互				
尹	コ ヲ ヨ 尹	尹	尹				
於	丶 二 方 方 方 於 於 於	於	於				

2. Write the characters in the blank spaces, paying attention to the character components.

yíng	卬 + 辶	迎				
qiáng	爿 + 嗇 + 回	牆				

jià	力 + 口 + 木	架					
zhěng	束 + 攵 + 正	整					
bǎi	扌 + 罒 + 厶 + 月 + 匕 + 匕	擺					
pén	分 + 皿	盆					
jūn	尹 + 口	君					
lán	艹 + 門 + 柬	蘭					
yè	艹 + 世 + 木	葉					
yǎng	羊 + 良	養					
jiào	車 + 交	較					
jiāo	氵 + 土 + 土 + 土 + 兀	澆					
xiū	亻 + 丨 + 攵 + 彡	修					
yì	艹 + 土 + 八 + 土 + 丸 + 云	藝					
xián	臣 + 又 + 貝	賢					
jù	勹 + 口	句					
qiān	訁 + 兼	謙					
xū	虍 + 业	虛					
táng	广 + 肀 + 口	唐					
dài	亻 + 弋	代					

3. Give the *pinyin* of the following words and phrases and then translate them into English.

    （1）長城長

          小孩長得很高

          葉子長長了

    （2）快樂

          音樂

    （3）不必

          不如

    （4）主角

          角色

    （5）提高

          打開

          放下

          得到

          看見

          站住

          停住

          擺好

4. Give the *pinyin* of the following groups of words and then translate them into English. Try to guess the meanings of the words you haven't learned and then confirm them with the help of your friends, teachers, or dictionaries.

    （1）書房

          書架

          書法

          圖書館

    （2）盆景

          風景

          景觀

    （3）開花

          開門

          開心

          開會

（4）老師
　　　醫師
　　　師傅
　　　園藝師
　　　工程師
（5）不如
　　　比如
　　　如果
　　　如意
（6）明白
　　　明亮
　　　明年

5. **Match each of the following characters in the first line with that in the second to make a word according to the *pinyin* provided. Draw a line to connect the two.**

huānyíng　　qiángshang　　zhěngqí　　bǐjiào　　jiāohuā　　yuányì
pénjǐng　　hùxiāng　　qiānxū　　yìsi　　Tángdài　　bùrú

牆　歡　澆　整　比　園　意　盆　互　謙　唐　不

花　上　迎　藝　思　齊　較　虛　代　景　如　相

6. **Fill in the blanks with the correct characters.**
（1）他做＿＿＿＿習。
　　　我鍛＿＿＿＿身體。
　　　（練　陳　煉）
（2）＿＿＿＿迎你們。
　　　請大家參＿＿＿＿。
　　　（現　觀　歡）
（3）這是＿＿＿＿景。
　　　那是光＿＿＿＿。
　　　（盆　盤　監）

（4）他在＿＿＿＿整君子蘭。

他在書房＿＿＿＿息。

（休　沭　修）

（5）這是園藝師的＿＿＿＿品，他＿＿＿＿得很漂亮。

（做　作　昨）

7. **Organize the characters in parentheses into Chinese sentences according to the *pinyin* given.**

（1）Qiángshang guàzhe Zhōngguó zìhuà.

（掛着牆上中畫國字）

＿＿＿＿＿＿＿＿＿＿＿＿＿＿＿＿＿＿＿

（2）Wàibian hái zhěngzhěngqíqí de bǎizhe zhème duō huā.

（這麼地外邊擺着還整整齊齊多花）

＿＿＿＿＿＿＿＿＿＿＿＿＿＿＿＿＿＿＿

（3）Nǐ měi tiān dōu rènrenzhēnzhēn de liàn.

（每天你練都認認真真地）

＿＿＿＿＿＿＿＿＿＿＿＿＿＿＿＿＿＿＿

（4）Tā jiù bǎ zhèxiē pénjǐng xiūzhěng xiūzhěng.

（盆景就他這些把修整修整）

＿＿＿＿＿＿＿＿＿＿＿＿＿＿＿＿＿＿＿

（5）Wǒ nǎr shì yuányìshī？Zhè zhǐshì yìdiǎnr àihào.

（哪兒我園藝師是？愛好這只是一點兒）

＿＿＿＿＿＿＿＿＿＿＿＿＿＿＿＿＿＿＿

8. **Fill in the blanks with the correct characters according to the *pinyin*.**

張教授請外國學生去他的書房做客。林娜覺得書房很有特色，外邊還 zhěngzhěng ＿＿＿＿ 齊齊地 bǎi ＿＿＿＿ 着許多花兒和 pénjǐng ＿＿＿＿。她覺得養花很有意思，也想在宿舍裡養。張教授工作累的時候，就到外邊去 jiāo jiāo ＿＿＿＿ 花，修整修整盆景，他把這個作爲很好的休息。盆景是一種藝術，張教授的盆景種得很好，學生夸他是園 yì

_____師。可是他很 qiānxū _____，説這只是一點兒愛好。丁力波問張教授關於中國書法的問題，張教授説學習書法要多看，每天都要認認真真地 liàn _____。他稱自己的書法是"我的字很一般"，他把自己剛寫的書送給學生們，還請年輕的學生給他的新書多提 yì _____見。在張教授身上我們看到了中國文化的一些特點。

(Key to the riddle in Lesson 28：桌子)

9. **Fill in the blanks with the proper verbs.**

（1）請坐，（　　）點兒甚麼？

（2）書架上（　　）着這麼多古書。

（3）（　　）盆景比養花要難得多。

（4）我要把它（　　）在我宿舍的牆上。

（5）請多（　　）意見。

10. **Choose the correct answers.**

（1）我明天下了課_____去買盆花。

　　　　A. 已經　　　B. 也　　　C. 都　　　D. 沒

（2）養花_____有意思，可是你能養好嗎？

　　　　A. 能　　　B. 沒　　　C. 是　　　D. 還

（3）您還_____是一位園藝師呢！

　　　　A. 真　　　B. 也　　　C. 已經　　D. 太

（4）如果你每天都認認真真地練，_____能把漢字寫得很漂亮。

　　　　A. 就　　　B. 該　　　C. 也　　　D. 會

（5）老師和學生_____互相學習。

　　　　A. 就　　　B. 不一定　C. 也　　　D. 應該

11. **Make sentences by matching the words from part I with those from part II with lines.**

I	II
那個房間裡住着	學中國書法
綠綠的葉子	兩個留學生
小孩們在安安靜靜地	紅紅的花兒
請把這個禮物	不好懂
廣州話	包一包

12. Write sentences with the words given.

For example：説 好 他 得 漢語 很 → 他漢語説得很好。

(1) 名牌 書房 放着 裡 電腦 一臺

(2) 一雙 有 的 腿 他 長長

(3) 學習 要 才能 很好地 休息 很好地

(4) 學過 復習 回家 詞語 復習 的 把

(5) 都 中藥 好吃 西藥 不 和

13. Make sentences with the words given.

(1) ……寫着……
(2) ……放着……
(3) ……站着……
(4) ……坐着……
(5) ……擺着……

14. Change the following sentences into the statements with "把".

For example：張教授常常修整這些盆景。→張教授常常把這些盆景修整修整。

(1) 吃以前要洗水果。

(2) 應該每天澆這些花。

(3) 做完練習以後要檢查答案。

(4) 每次用的時候最好先洗這些刀叉。

(5) 在作業本上寫剛學的詞語。

15. Translate the following sentences into Chinese, using the words given in the parentheses.

(1) On the table there is a birthday cake. （放着）

(2) We should do some cleaning of the study. （把……打掃）

(3) That girl with big eyes is so beautiful. （大大的）

(4) This dish is easy to cook. （很好）

(5) You should do it carefully. （仔仔細細地）

16. Decide whether the following statements are grammatically correct (T) or wrong (F).

(1) 在客廳裡坐着一位老人。　　　　　　（　　）
(2) 外邊正站着一位服務員。　　　　　　（　　）
(3) 桌子上放着一臺名牌電腦。　　　　　（　　）
(4) 書架上整整齊齊擺着很多古書。　　　（　　）
(5) 請把這些漢字練。　　　　　　　　　（　　）

17. Decide whether the following statements are true (T) or false (F) according to the text in "Reading Comprehension and Paraphrasing" of this lesson.

(1) 老舍養的花很少。　　　　　　　　　（　　）
(2) 老舍的花整整齊齊地擺在小院子裡。　（　　）
(3) 吃藥比養花對身體的好處大。　　　　（　　）
(4) 老舍常把買的花當作禮物送給朋友。　（　　）
(5) 養花不但能美化生活,而且能美化人的心靈。（　　）

18. Answer the following questions.

(1) 你喜歡中國文化嗎? 比如書法、太極拳、京劇、中國畫等等。

(2) 受到別人稱讚時,你一般怎麼回答?

（3）受到別人稱讚時，中國人一般怎麼回答？

（4）你習慣中國人的回答嗎？爲甚麼？

19. Read the passages and do the following exercises.

（1）Fill in each blank with the correct word.

　　宿舍東邊的牆上掛_____一幅字畫，上面寫_____"學而時習之"五個大字。宋華説，這是張教授給他寫的。馬大爲問宋華，這句話是甚麼意思？宋華説，這句話是孔子_____他學生説的。意思是説，學過的知識，要常復習、常練習。張教授送給我這幅字，是鼓勵（gǔlì）我要努力學習，認真學習。

（2）Complete the statements according to the passage.

　　月季，學名"Rosa chinensis"，英文名"Chinese rose"，別名長春花、月月紅等。它是北京市的市花。中國是月季花的原產地（yuánchǎndì）。它已經有一千多年的栽培（zāipéi）歷史了。在世界上，人們稱讚月季花是花中皇后（huánghòu）。經過二百多年的培養（péiyǎng），人們創造了二萬多個園藝品種（pǐnzhǒng）。月季可盆栽觀賞，也可種在花壇裡，或者布置（bùzhì）成月季園。

　　　　a. 月季花的原産地是_____。
　　　　b. 月季花已經有_____年栽培歷史了。
　　　　c. 人們把_____叫做花中皇后。
　　　　d. 月季花是北京市的_____。

（3）Answer the following questions after reading the passage.

　　一位書法家説，要想寫出好字，就要認真練習。他給我們介紹了一個好辦法。讓我們去找一塊磚，再用一些麻綫（máxiàn）綁（bǎng）成一支筆，旁邊放一盆水。每天早上起牀以後，或者睡覺以前，用麻筆蘸水在磚上寫字，一邊寫，一邊就乾了，非常方便。不用花錢買筆墨，也不用花錢買紙。只要買一本自己喜歡的字帖（zìtiè），天天照着字帖練，就一定能寫出很漂亮的漢字。如果你願意,可以試一試。

    a. 用一些麻綫綁成甚麼?

    b. 是不是用麻筆蘸水在紙上寫字?

    c. 要不要買墨?

20. Complete the following passage according to the texts of this lesson.

    今天王老師請我去他家吃飯,我很高興。王老師說他家裡吃得非常簡單,這是很隨便的一頓飯。可是我數了數,我們只有三個人,桌子上一共有六個菜呢。這叫"非常簡單"、"很隨便"嗎?……

21. Write a short article with the title of "我的愛好".

22. Read the authentic material. Do questions-and-answers with your partner.

饮料类

意大利咖啡	（大）15.00 元	（小）9.00 元
普通咖啡	（大）8.00 元	（小）6.00 元
巧克力咖啡	（大）10.00 元	（小）8.00 元
冰沫咖啡	（大）10.00 元	（小）8.00 元
龍井茶	15.00 元	
碧螺春茶	15.00 元	
烏龍茶	12.00 元	
八寶茶	10.00 元	
冰紅茶	8.00 元	
熱綠茶	5.00 元	
果汁	6.00 元	
啤酒	10.00 元	
可樂	5.00 元	
冰水	3.00 元	

第三十課
Lesson 30

他們是練太極劍的

Listening and Speaking Exercises

1. Pronunciation drills.

Read the following words or phrases aloud，paying special attention to the pronunciation of "j, q, x" and retroflex ending.

j——太極劍　民間　簡單　健康　這叫做太極劍　叫好　街心花園
　　最近　京劇團

q——太極拳　下棋　小區　立交橋　下課以前　天氣不好
　　情況怎麼樣　齊白石先生

x——休閒　故鄉　留學生　地方戲　漢語系　修整　寫字　想一想
　　放心

retroflex ending——這是哪兒啊　這兒是我家　畫花兒　畫畫兒
　　　　　　　　　有甚麼事兒　玩兒得高興

2. Listen to each question and circle the correct answer according to the texts.

（1）A. 扭秧歌　　　B. 太極劍　　　C. 中國武術　　　D. 太極拳
（2）A. 街上　　　　B. 小區裡　　　C. 街心花園　　　D. 立交橋下
（3）A. 做操　　　　B. 跑步　　　　C. 爬山　　　　　D. 去網吧
（4）A. 唱京劇　　　B. 下棋　　　　C. 扭秧歌　　　　D. 帶着小狗散步
（5）A. 非常注意鍛煉身體　　　　B. 喜歡全家人在一起活動
　　　C. 喜歡很多人在一起活動　　D. 可能互相不認識

3. Listen to the following dialogue and decide whether the statements are true（T）or false（F）.

（1）男的不喜歡早上鍛煉。　　　　　　　　　（　　）
（2）男的跟爸爸一起扭秧歌。　　　　　　　　（　　）

(3) 女的跟外婆學習太極劍。 （　　）

(4) 男的的爸爸只會練太極劍,不會打太極拳。 （　　）

(5) 他們明天早上一起跑步。 （　　）

(6) 他們明天早上在街心花園見面。 （　　）

4. Listen and fill in the blanks.

(1) 現在晚上十點_____,街上人很少。

(2) 街上的人們_____唱_____跳,玩兒得很高興。

(3) 立交橋下,有許多人在做運動,有唱京劇_____,下棋_____,散步_____。

(4) 以前他們很忙,_____他們退休了,休閒的時間也多了。

(5) 我看別人下棋,看_____忘了吃飯。

5. Listen and write in *pinyin*.

(1) _____

(2) _____

(3) _____

(4) _____

(5) _____

6. Listen and write the characters.

(1) _____

(2) _____

(3) _____

(4) _____

(5) _____

7. Role-play.

Listen to and imitate the dialogue together with your partner. Try to get the meaning of the dialogue with the help of your friends, teachers, or dictionaries.

8. Culture experience.

問問你認識的中國朋友,他們的休閒活動有哪些。討論你們喜歡的體育運動,並向朋友介紹一下你喜歡這些運動的原因。

Reading and Writing Exercises

1. **Trace over the characters, following the correct stroke order. Then copy the characters in the blank spaces.**

兆	ノ ノ ヲ 扎 兆 兆	兆	兆				
攴	丨 卜 与 攴	攴	攴				

2. **Write the characters in the blank spaces, paying attention to the character components.**

jiàn	僉 + 刂	劍					
jiē	彳 + 土 + 土 + 亍	街					
dòng	重 + 力	動					
tiào	足 + 兆	跳					
qiāo	高 + 攴	敲					
luó	金 + 罒 + 糹 + 隹	鑼					
gǔ	壴 + 支	鼓					
niǔ	扌 + 丑	扭					
yāng	禾 + 央	秧					
dǎo	足 + 爫 + 臼	蹈					
jiǎn	竹 + 門 + 日	簡					
hàn	氵 + 干	汗					

wǔ	一 + 弋 + 止	武					
bān	王 + 丿 + 王	班					
qí	木 + 其	棋					
qiáo	木 + 喬	橋					
tuì	艮 + 辶	退					
xián	門 + 月	閒					
shì	弋 + 工	式					
cāo	扌 + 品 + 木	操					
wǎng	糹 + 罔	網					
tīng	广 + 耳 + 王 + 宀 + 罒 + 一 + 心	廳					

3. **Give the *pinyin* of the following words and phrases and then translate them into English.**

   (1) 要不

       不要

   (2) 愛好

       叫好

   (3) 扭得全身是汗

       得到一塊巧克力

       你得學習練太極拳

   (4) 快樂

       音樂

   (5) 結果   說話   食物

       聊天   照相   送禮

       下棋   結業   吃飯

放心	放假	掛號
換錢	加油	烤鴨
排隊	起牀	上班
散步	跳舞	唱歌
開車	看病	跑步
做操	罰款	教書
開門		

4. Give the *pinyin* of the following groups of words and then translate them into English. Try to guess the meanings of the words you haven't learned and then confirm them with the help of your friends, teachers, or dictionaries.

(1) 跳秧歌舞
跳交誼舞
跳民族舞
跳芭蕾舞

(2) 打太極拳
打球
打電話
打水
打飯

(3) 老人
老闆
老師
老頭
老爸
老婆
老公

(4) 唱京劇
唱流行歌曲
唱民歌
唱外國歌

(5) 上班
下班

白班
夜班
加班
(6) 叫好
叫座
叫做
(7) 休閒
休息
休假
(8) 網吧
酒吧
書吧

5. Match each of the following characters in the first line with that in the second to make a word according to the *pinyin* provided. Draw a line to connect the two.

huódòng   tiàowǔ   jiǎndān   wǔdǎo   shàngbān   dàqiáo
tuìxiū   fāngshì   pǎobù   duìmiàn   wǎngbā   ménkǒu

跳　活　舞　簡　大　上　退　方　對　跑　網　門

蹈　舞　動　橋　班　單　面　步　休　式　口　吧

6. Fill in the blanks with the correct characters.

(1) 他在家休＿＿＿＿＿＿＿＿。
　　我沒有時＿＿＿＿＿＿＿＿。
　　這很＿＿＿＿＿＿＿＿單。
　　（間　閒　問　簡）
(2) 他的動＿＿＿＿＿＿＿＿很漂亮。
　　這叫＿＿＿＿＿＿＿＿盆景。
　　（做　坐　作）
(3) 他喜歡＿＿＿＿＿＿＿＿術。
　　我愛好跳＿＿＿＿＿＿＿＿。
　　（舞　午　武）

48

（4）這種方_____不錯。

他們明天考_____。

（試　式　是）

7. **Organize the characters in parentheses into Chinese sentences according to the *pinyin* given.**

（1）Qiánbian zǒu guòlaile bùshǎo lǎorén.

（過來前邊走老人了不少）

_____

（2）Xiànzài bā diǎn bàn le.

（現半在了八點）

_____

（3）Tāmen wánr de zhēn gāoxìng.

（玩兒他們得高真興）

_____

（4）Yǐqián tāmen máng de méiyǒu shíjiān chàng.

（他們忙唱得沒有以前時間）

_____

（5）Yānggewǔ de dòngzuò yòu jiǎndān yòu hǎokàn.

（動作又秧歌的舞簡單又好看）

_____

8. **Fill in the blanks with the correct characters according to the *pinyin*.**

星期六的早上八點,街上已經很 rènao _____了。宋華、馬大爲和丁力波看見有很多人在街上 yòu _____唱 yòu _____跳,玩兒 de _____很高興。人們 yìbiān _____扭秧歌,yìbiān _____敲鑼打鼓。他們 yòu _____看到練太極劍的,丁力波說他 yǐqián _____在學校練過太極劍,xiànzài _____正在練太極拳。東邊的立交橋下 hái _____有很多唱京劇 de _____老人,宋華說他們是 xiǎoqū _____的京劇 àihàozhě _____。宋華聽 de _____很高興,就大

49

聲地 wèi _____ 這些唱京劇的老人 jiàohǎo _____ 。

9. Character riddle.

太陽跟月亮見面。

(The key is a character.)

10. Fill in the blanks with the proper verbs.
（1）那兒有很多人正在(　　)秧歌。
（2）他們一邊跳舞,一邊(　　)鑼(　　)鼓。
（3）這種舞很好(　　),你也能很快學會的。
（4）我每天早上都要(　　)太極拳。
（5）老人們常常(　　)着自己的小狗散步。

11. Choose the correct answers.
（1）你還是復習一下吧,_____明天考試的時候你就不會做題了。
　　　　A. 所以　　　　B. 要不　　　　C. 而且　　　　D. 可是
（2）我去年八月回過一次國,_____就再也沒回去過。
　　　　A. 後來　　　　B. 從來　　　　C. 將來　　　　D. 未來
（3）語言學院有很多留學生,有美國_____,有歐洲_____,有亞洲_____,還有非洲_____。
　　　　A. 地　　　　B. 得　　　　C. 的　　　　D. 了
（4）衣服洗_____乾乾淨淨的。
　　　　A. 地　　　　B. 得　　　　C. 的　　　　D. 了
（5）爸爸七十歲_____,可是身體還是很好。
　　　　A. 地　　　　B. 得　　　　C. 的　　　　D. 了

12. Make sentences by matching the words from part I with those from part II with lines.

I	II
可樂又便宜	一邊讀書
我們一邊聽音樂,	都是來網吧的年輕人
進進出出的	聽不到一點兒聲音
那兒安靜得	有很多鍛煉身體的老人
街心花園裡	又好喝

13. Write sentences with the words given.

For example：真　我們　得　高興　玩兒　→　我們玩兒得真高興。

（1）花　放　宿舍門口　了　幾盆

（2）走出　人　裡　網吧　幾個

（3）丁力波　太極拳　打得　打　很好

（4）那　姑娘　又漂亮　又年輕　個

（5）現在　了　進來　你　可以

14. Make sentences with the words given.

（1）打太極拳　得　很漂亮

（2）忙　得　沒時間吃飯

（3）街心花園　又乾淨　又漂亮

（4）寫漢字　得　還可以

（5）小伙子　又年輕　又熱情

15. Change the following sentences into the statements with the particle "了".

For example：現在十一點。→現在十一點了。

（1）時間已經很晚。

（2）去年我媽媽開始練太極拳,現在她的身體很好。

（3）以前丁力波打太極拳,現在他練太極劍。

（4）——等一下。

　　——現在你可以進來。

（5）我年紀已經不小。

　　我已經二十三歲。

16. Translate the following sentences into Chinese, using the words given in the parentheses.

(1) It is 20：00 now. (了)

(2) What kind of dance do you like best? (跳舞)

(3) It is good for your health to do some exercises. (對……好)

(4) He is cleaning the house. And at the same time he is listening to the pop music. (一邊……,一邊……)

(5) In 1996,I went to Japan. From then on, I have never been there. (從……以後)

17. Decide whether the following statements are grammatically correct (T) or wrong (F).

(1) 看,月亮下去。　　　　　　　　　　　　（　　）
(2) 他打太極拳好極了。　　　　　　　　　　（　　）
(3) 把課文唸一唸,要不上課時你又唸不好了。（　　）
(4) 那兒走了兩個人。　　　　　　　　　　　（　　）
(5) 現在幾點? 你還不睡覺?　　　　　　　　（　　）

18. Decide whether the following statements are true (T) or false (F) according to the text in "Reading Comprehension and Paraphrasing" of this lesson.

(1) 跑步是老年人最好的鍛煉。　　　　　　　（　　）
(2) 醫生建議老年人每天走 30 分鐘的路,每個星期最少走五次。
　　　　　　　　　　　　　　　　　　　　（　　）
(3) 身體好的或者身體不太好的老人,都應該多走路,走很多的路。
　　　　　　　　　　　　　　　　　　　　（　　）
(4) 每天走路走一個小時的老人,比每天很少走路的老人長壽。
　　　　　　　　　　　　　　　　　　　　（　　）
(5) 95 歲的老人每天早晨都要走一個小時的路,應該走得全身出汗。
　　　　　　　　　　　　　　　　　　　　（　　）

19. Answer the following questions.

（1）你喜歡甚麼時間做鍛煉？爲甚麼？

（2）你有哪些休閒活動？

（3）你常常走路或者跑步嗎？你覺得怎樣運動對身體最好？

（4）你覺得年輕人每天對着電腦工作或者休閒，好不好？

20. Read the passages and do the following exercises.

（1）Fill in each blank with the correct word.

　　象棋在中國已經有 2000 多年的歷史＿＿＿＿＿。爲甚麼叫做象棋呢？因爲古代喜歡下棋的人很多都是那些將軍們。他們用的棋子一般是象牙做的，所以叫做象棋。古代下象棋可以 7 個人同時下。到＿＿＿＿＿宋代以後，人們下的象棋＿＿＿＿＿現代一樣，是 32 個棋子，兩個人下。現在下象棋是老年人最喜歡的休閒方式之＿＿＿＿＿，它也是一種很好的體育活動。中國還有研究象棋和圍棋的棋院。象棋高手都是大師級的。

（2）Complete the following statements according to the passage.

　　扭秧歌是中國北方民間的文化活動。據舞蹈專家研究，扭秧歌已經有 5000 多年的歷史了。古時候，唱歌、跳舞一般都跟生產勞動有關係。比如扭秧歌，跟種田插秧(chāyāng)有關係。人們插秧累了，就站起來伸一伸胳膊，扭一扭腰，覺得很舒服。有的人把扭一扭、跳一跳的動作編成舞蹈，大家跟着扭，這就成了扭秧歌。

　　現在不少人很喜歡扭秧歌，特別是中國北方農村，男女老少都喜歡。扭秧歌要敲鑼打鼓，動作雖然簡單，但很有節奏(jiézòu)感。它是一種很快樂的舞蹈活動，又是鍛煉身體的好方式。

　　a. 扭秧歌跟＿＿＿＿＿有關係。

b. 扭秧歌有_____年歷史了。

c. 扭秧歌是中國_____的文化活動。

d. 扭秧歌的動作雖然很_____，但很_____節奏感。

e. 扭秧歌是_____，又是_____。

（3）Answer the following questions after reading the passage.

爲京劇叫好

中國觀衆在看京劇的時候,看得高興時,就用喝彩(hècǎi)、鼓掌(gǔzhǎng)的方式來表示自己高興的心情,他們也用這種方式來讚揚京劇演員。這種習俗,在北方叫"叫好",在南方叫"喝彩"。喝彩有正彩、倒彩(dàocǎi)。正彩,是因爲演員的唱、做都很好,觀衆就大聲叫"好",表示對他們的讚賞。這個時候,觀衆的"好"聲一般都很長、很響,所以喝正彩又叫"叫好"。喝倒彩,是指演員在表演的時候,唱錯了,或者演壞了,觀衆把"好"聲拉得很長,還在最後加一個"嗎"字。在舊社會,有的人不尊重京劇演員,用大聲怪叫的方式喝倒彩,這是很不文明的行爲。但多數情況下,觀衆會對京劇演員的演出叫好和鼓掌。

a. 中國的京劇觀衆用甚麼方式表示對演員的讚揚?

b. 觀衆一般在甚麼時候喝倒彩? 你認爲這種行爲對嗎?

c. 你有過聽京劇的經驗嗎? 如果有,談談你對"叫好"的看法。

21. **Complete the passage according to the texts of this lesson.**

今天早晨,我和力波、宋華去散步。八點多了,街上活動的人還很多。有扭秧歌的,有打太極拳的……

第三十一課
Lesson 31

中國人叫她"母親河"

Listening and Speaking Exercises

1. Pronunciation drills.

Read the following words or phrases aloud, paying special attention to the pronunciation of "zh, ch, sh, z, c, s".

zh——"中國通"知識大賽　只有一個月的準備時間　着急得吃不下飯
　　珠穆朗瑪峰

ch——吃很多水果　成績不好　長江　要放長假了　三峽工程
　　受到老師的稱讚　差了點兒

sh——知識就是力量　最高的山峰　至少還有你　下個月放暑假
　　名勝古跡　南水北調

　z——瞭解自己　最高的山峰　中國的西藏　早在1200多年以前
　　她的名字叫長江

　c——從宿舍到圖書館　許多生詞　上廁所　才知道這件事
　s——雖然　宿舍門口有許多樹　第三大河　迎客松
　　四是四,十是十,四十是四十,十四是十四。

2. Listen to each question and circle the correct answer according to the texts.

（1）A. 一個月　　　　B. 不到一個月　　　C. 一個多月　　　D. 兩個月
（2）A. 九百六十四萬平方公里　　　　B. 九百六十平方公里
　　C. 九百六十萬平方里　　　　　　D. 九百六十萬平方公里
（3）A. 喜馬拉雅山　B. 珠穆朗瑪峰　　　C. 泰山　　　　D. 黃山
（4）A. 爸爸河　　　B. 父親河　　　　　C. 母親河　　　D. 媽媽河
（5）A. 迎客松　　　B. 長城　　　　　　C. 雲海　　　　D. 奇峰

3. Listen to the following dialogue and decide whether the statements are true（T）or false（F）.

（1）參加大賽的都是漢語水平高的留學生。 （ ）

（2）女的覺得自己的漢語學得不好,所以決定不參加。 （ ）

（3）男的已經學習了三個月的漢語了。 （ ）

（4）女的希望男的努力準備。 （ ）

（5）重在參與就是參加最重要。 （ ）

4. Listen and fill in the blanks.

（1）珠穆朗瑪峰_____八千多米高。

（2）誰說我老了? 我還_____三十歲呢!

（3）中國的人口,一共有十二億九千_____萬人。

（4）_____四十多年以前,語言學院就開始招收外國留學生。

（5）白雲就_____大海_____。

5. Listen and write in *pinyin*.

（1）_____

（2）_____

（3）_____

（4）_____

（5）_____

6. Listen and write the characters.

（1）_____

（2）_____

（3）_____

（4）_____

（5）_____

7. Role-play.

Listen to and imitate the dialogue together with your partner. Try to get the meaning of the dialogue with the help of your friends, teachers, or dictionaries.

8. Culture experience.

你要去中國旅行,問問去過中國的朋友,中國有哪些名勝古跡。如果你去過中國,向你的朋友介紹一下你參觀過的名勝古跡。

9. Read the following numbers as quickly as you can.

99　699　345　1 234　13 764　134 567　7 700 171　14 141 414

444 111 345　10 321 567 879　10 102 500 007　109 414 567 356

Reading and Writing Exercises

1. Trace over the characters, following the correct stroke order. Then copy the characters in the blank spaces.

萬	一 十 艹 艹 芍 苎 苩 苩 萬萬 萬萬	萬	萬				
世	十 十 廿 世	世	世				

2. Write the characters in the blank spaces, paying attention to the character components.

qīn	亲 ＋ 見	親				
huáng	卄 ＋ 由 ＋ 八	黃				
hé	氵 ＋ 可	河				
jì	糹 ＋ 責	績				
jī	禾 ＋ 責	積				
jiè	田 ＋ 介	界				
kuò	扌 ＋ 舌	括				
yì	亻 ＋ 意	億				

què	石 + 雀	確					
fēng	山 + 夂 + 丰	峰					
yáo	扌 + 爫 + 缶	搖					
lán	竹 + 臣 + 𠂉 + 皿	籃					
é	亻 + 我	俄					
luó	罒 + 糸 + 隹	羅					
sī	其 + 斤	斯					
lù	阝 + 土 + 八 + 土	陸					
wān	氵 + 糸 + 言 + 糸 + 弓	灣					
gǎng	氵 + 共 + 巳	港					
ào	氵 + 丿 + 冂 + 米 + 大	澳					
zàng	艹 + 爿 + 戈 + 臣	藏					
zhū	𤣩 + 朱	珠					
mù	禾 + 白 + 小 + 彡	穆					
lǎng	良 + 月	朗					
mǎ	𤣩 + 馬	瑪					
shèng	月 + 券	勝					

58

jì	足 + 亦	跡						
sōng	木 + 公	松						
shù	木 + 壴 + 寸	樹						
qí	大 + 可	奇						
guài	忄 + 又 + 土	怪						
kē	木 + 果	棵						

3. Give the *pinyin* of the following words and phrases and then translate them into English.

    （1）圍着很多人

         着急

    （2）年輕

         聖誕

         名稱

         河流

         水平

         頭疼

         心静

4. Give the *pinyin* of the following groups of words and then translate them into English. Try to guess the meanings of the words you haven't learned and then confirm them with the help of your friends, teachers, or dictionaries.

    （1）母親

         母校

         母語

    （2）成績

         成就

         成功

         成立

（3）放長假
　　放暑假
　　放水
（4）景色
　　景觀
　　風景

5. **Match each of the following characters in the first line with that in the second to make a word according to the *pinyin* provided. Draw a line to connect the two.**

mǔqīn　　Huáng Hé　　chéngjì　　miànjī　　shìjiè　　zhèngquè
yáolán　　shānfēng　　lǚyóu　　gǔjì　　sōngshù　　qíguài

黃　母　成　世　面　正　搖　山　古　旅　松　奇

績　界　河　親　籃　積　蜂　確　遊　怪　跡　樹

6. **Fill in the blanks with the correct characters.**

（1）他的口語成_____不錯。
　　這個房間的面_____是 18 平方米。
　　（積　績　責）
（2）這把_____很漂亮。
　　我的宿舍太小,也不_____便。
　　（方　刀　力）
（3）老師在上_____。
　　那_____樹很高。
　　（果　棵　課）
（4）這是君子_____。
　　那是搖_____。
　　（藍　籃　蘭）

7. **Organize the characters in parentheses into Chinese sentences according to the *pinyin* given.**

（1）Zhūmùlángmǎ Fēng yǒu bāqiān bābǎi duō mǐ gāo.
　　（有 8800 珠穆朗瑪峰多高米）

（2）Zhōngguó miànjī yǒu jiǔbǎi liùshí wàn píngfāng gōnglǐ.
（面積中國有九百六萬十公里平方）

_____

（3）Wǒ yǐjīng qùguo liǎng sān ge dìfang le.
（去過我已經地方兩三個了）

_____

（4）Huáng Shān yǒu yì kē shù jiàozuò Yíngkèsōng ba?
（有一棵黃山樹叫做"迎客松"吧）

_____

（5）Zhōngguórén jiào tā mǔqīn hé.
（中國人"母親河"叫她）

_____

8. **Fill in the blanks with the correct characters according to the _pinyin_.**

黃山的 jǐngsè _____ 是世界有名的。Zǎo zài _____ 1200 年 yǐqián _____，它就 yǐjīng _____ 是中國的名勝了。它的景色在不同 的時候 yǒu _____ 不同的樣子，不同的人看，yě yǒu _____ 不同的 感覺。它最美的景色是 báiyún _____、sōngshù _____ 和 shānfēng _____。Cóng _____ 山上 wǎng _____ 下看，白雲就 xiàng _____ 大海 yíyàng _____。人們 jiào _____ 它"yúnhǎi _____"。黃山有很多山峰的樣子非常奇怪，所以又叫"qífēng _____"。黃山是很多外國朋友 cháng _____ 去的地方。

9. **Character riddle.**

牛過獨木橋。

（The key is a character. ）

（Key to the riddle in Lesson 30：明）

61

10. Fill in the blanks with the proper verbs.

(1) 黄河（　　　）多長？

(2) 我們班的學生,（　　　）兩個旁聽生,共有24個人。

(3) 我們（　　　）出租汽車司機師傅。

(4) 剛才有人給大爲（　　　）電話。

(5) 明天就考試了,我（　　　）得睡不好覺。

11. Choose the correct answers.

(1) 你們只要認真準備,_____會得到好的成績。

        A. 才   B. 就   C. 所以   D. 而且

(2) 中國的名勝古跡少説_____有五六百個。

        A. 没   B. 太   C. 多   D. 也

(3) 你没去_____黄山嗎？

        A. 了   B. 着   C. 過   D. 的

(4) 我們這學期要用十_____本書。

        A. 多   B. 少   C. 個   D. 本

(5) 中國_____美國大一點兒。

        A. 和   B. 跟   C. 爲   D. 比

12. Make sentences by matching the words from part I with those from part II with lines.

I	II
參加	一千多年以前
只有一個月的	中國通知識大賽
那座山	準備時間
早在	高了點兒
把那棵樹	叫做迎客松

13. Write sentences with the words given.

For example：没有　這座橋　有　50米　→　這座橋有没有50米？

(1) 中國　幾次　去　我　旅行　過

(2) 認真　你　只要　考　個　好　成績　就會

(3) 我　老師　叫　他們

（4）葡萄　一次　吃　能　我　2斤多

（5）這裡有　七千○二十　十二億　九千○五萬　個　人

14. **Make sentences with the words given.**
    （1）叫　黄河　母親河
    （2）有　人　打電話
    （3）有　幾個人　去中國旅行
    （4）天氣好　去旅遊(只要……就……)
    （5）鍛煉身體　身體好

15. **Change the following sentences into the statements with the verb "有".**
    For example：他兩米高。　　→　　他有兩米高。
    （1）學校三千名留學生。

    （2）這座山三百米高。

    （3）這條河十米寬？

    （4）這棵樹1000多年歷史。

    （5）我九十多斤。

16. **Translate the following sentences into Chinese, using the words given in the parentheses.**
    （1）Can you tell me how many foreign students are there in the Language Institute this year？（有）

    （2）Bill, there is someone knocking at the door.（有）

    （3）As long as you like traveling, you can travel anytime you like.（只要……就……）

（4）The garden in spring is just like a sea of flowers.（像……一樣）

（5）I said that all your family should go to China, including you of course.

（包括）

17. **Decide whether the following statements are grammatically correct（T）or wrong（F）.**
（1）他有多少歲數大？　　　　　　　　　　　　　　　　　（　　）
（2）中國人不叫長江"母親河"。　　　　　　　　　　　　　（　　）
（3）只有天氣好,我們就出去玩兒。　　　　　　　　　　　　（　　）
（4）這兒一共有一個10億,兩個200萬,三個一千,584本書。（　　）
（5）我有10多本詞典。　　　　　　　　　　　　　　　　　（　　）

18. **Decide whether the following statements are true（T）or false（F）according to the text in "Reading Comprehension and Paraphrasing" of this lesson.**
（1）京杭大運河是世界上第三長的運河。　　　　　　　　　（　　）
（2）因爲"隋煬帝"姓"楊",所以人民把大運河兩岸的柳樹叫"楊柳"。

　　　　　　　　　　　　　　　　　　　　　　　　　　　（　　）
（3）現在,京杭大運河只有北段還能通航。　　　　　　　　　（　　）
（4）等到大運河恢復通航以後,人們可以從北京坐船去揚州旅遊。

　　　　　　　　　　　　　　　　　　　　　　　　　　　（　　）
（5）政府從杭州把一部分水引到運河,再經過運河向北方送水,這叫做
　　　"南水北調"。　　　　　　　　　　　　　　　　　　　　（　　）

19. **Answer the following questions.**
（1）你們國家最大的河流是甚麼？ 你們叫她甚麼？

（2）你參觀過中國的哪些名勝古跡？ 你覺得怎麼樣？

（3）你會用漢語説大的數目嗎？ 試着隨便寫出幾個大數字,比如你們國
　　　家的人口、面積等,然後讀出來,並用它考一考你的朋友。

20. Read the passages and do the following exercises.

（1）Complete the following statements according to the passage.

　　中國在亞洲東部，太平洋西岸。南北有 5500 公里，東西有 5000 公里。中國領土面積是 960 萬平方公里，比俄羅斯和加拿大小，是世界第三位。中國地形是西高東低，平原少，山地多。

　　中國有 13 億人口，56 個民族。中華人民共和國是 1949 年 10 月 1日成立的，她的首都是北京。

　　a. 中國在_____東部，太平洋_____。

　　b. 中國從東到西有_____公里。

　　c. 中華人民共和國是_____年_____月_____日成立的。

（2）Answer the following questions after reading the passage.

　　光明頂是黃山第二高峰，海拔（hǎibá）高度 1840 米。峰頂平坦（píngtǎn），面積 6 萬平方米。這裡有華東地區海拔最高的黃山氣象站（qìxiàngzhàn）。因爲光明頂地勢平坦，是黃山看日出、觀雲海的最好的地點之一。遊客站在光明頂可以看到東、南、西、北海和天海，黃山五海的烟雲都能看到！所以，人們常説，不到光明頂，不見黃山景。

　　a. 光明頂有多高？

　　b. 峰頂的面積有多少平方米？

　　c. 人們常説甚麽？

（3）Answer the following questions after reading the passage.

跟自然環境有關的地名

　　在中國，有很多省市的地名跟當地的自然環境有關。我們可以從地名中瞭解那個地方或者那兒的自然環境的變化。比如，中國有幾個省的名字跟河流或湖泊有關，像"河南""河北""湖南""湖北"。"河南""河北"中的"河"是指黃河。這兩個省分別在黃河的南部和北部。"湖南" "湖北"中的"湖",是指洞庭湖,洞庭湖南部叫"湖南",北部就叫"湖北"。

    a. "河南""湖北"的名字是怎麼來的?

    b. 你能猜出"河西走廊"中的"河西"是甚麼意思嗎?

    c. 在你們國家,有哪些地名與當地的自然環境有關?

21. Complete Ma Dawei's diary according to the texts of this lesson.

6 月 20 日　多雲

今天我爬了黃山。以前聽別人説黃山的景色很美,有著名的雲海、奇峰、松樹,而且那裡的景色常常變化。不知道真正的景色怎麼樣。早上八點,我們到了黃山腳下……

22. Write a short article to introduce your country.（about 150 characters）

第三十二課
Lesson 32

————————————————→

這樣的問題現在也不能問了

Listening and Speaking Exercises

1. Pronunciation drills.

Read the following words or phrases aloud, paying special attention to the pronunciation of "zh, ch, sh, z, c, s".

zh——你的漢字寫得真棒　一邊學習　一邊掙錢　照張相片　住房
　　　競爭激烈

ch——怎麼稱呼　差不多　名不虛傳　工程師　支持　受到老師的稱讚
　　　差了點兒

sh——你的漢語說得很地道　收入還可以　高新技術企業
　　　欣賞黃山美景　……甚麼的

　z——咱們　怎麼辦　我還在讀書　你長得最漂亮　工資不高
　　　比上不足　外資企業

　c——還湊合　這次旅行怎麼樣　才知道這件事

　s——你多大歲數　公司　工資不算太高　個人隱私問題

2. Listen to each question and circle the correct answer according to the texts.

（1）A. 宋華　　　B. 小馬　　　C. 老馬　　D. 大馬

（2）A. 歲數　　　　　　　　　B. 在哪兒工作

　　　C. 從哪個國家來中國　　D. 結婚沒有

（3）A. 很高興地回答　　　　　B. 說別的事情,好像沒聽見

　　　C. 不回答　　　　　　　D. 馬馬虎虎地回答

（4）A. 叫他老馬　　　　　　　B. 問別人的隱私

　　　C. 見面問"吃了嗎?"　　D. 叫外國人"老外"

（5）A. 習慣　　B. 關心　　　　C. 好奇　　D. 想做個朋友

3. **Listen to the following dialogue and decide whether the statements are true (T) or false (F).**

(1) 女的要去北大找她的朋友。 　　　　　　　　　(　　)

(2) 語言學院離這兒不太遠。 　　　　　　　　　　(　　)

(3) 女的打算在語言學院學漢語。 　　　　　　　　(　　)

(4) 想知道在國外學漢語要交多少學費。 　　　　　(　　)

(5) 女的説天氣很熱,是因爲她真的覺得很熱。 　　(　　)

4. **Listen and fill in the blanks.**

(1) 咱們一起_____上爬吧。

(2) 我看你的歲數_____我的差不多。

(3) 你漢語説_____真棒。

(4) 那你得_____工作_____掙錢吧?

(5) _____上不足,_____下有餘。

5. **Listen and write in _pinyin_.**

(1) _____

(2) _____

(3) _____

(4) _____

(5) _____

6. **Listen and write the characters.**

(1) _____

(2) _____

(3) _____

(4) _____

(5) _____

7. **Role-play.**

Listen to and imitate the dialogue together with your partner. Try to get the meaning of the dialogue with the help of your friends, teachers, or dictionaries.

68

8. Culture experience.

請分別找一位中國朋友和一位本國朋友聊天，然後談談你與他們聊天的感覺。

Reading and Writing Exercises

1. Write the characters in the blank spaces, paying attention to the character components.

hū	口 + 乎	呼					
dú	言 + 賣	讀					
ò	口 + 我	哦					
bàng	木 + 奉	棒					
zhèng	扌 + 爭	掙					
jié	糹 + 吉	結					
hūn	女 + 昏	婚					
luò	糹 + 各	絡					
gǎo	扌 + 高	搞					
zī	次 + 貝	資					
qǐ	人 + 止	企					
còu	氵 + 奏	湊					
xīn	斤 + 欠	欣					
lì	麗 + 鹿	麗					

pinyin	components	char					
chuán	亻 + 專	傳					
yǐn	阝 + 乛 + 工 + ヨ + 心	隱					
sī	禾 + 厶	私					
bēi	扌 + 背	揹					
qīng	氵 + 青	清					
chǔ	林 + 疋	楚					
yú	食 + 余	餘					
gòu	多 + 句	夠					

2. Give the *pinyin* of the following words and phrases and then translate them into English.

（1）說得真好

　　　得看情況

（2）照相

　　　互相

（3）名不虛傳

　　　自傳

（4）地道

　　　知道

（5）揹包

　　　後背

（6）媽媽　　　　　　　　爸爸

　　　哥哥　　　　　　　　弟弟

　　　姐姐　　　　　　　　妹妹

　　　舅舅　　　　　　　　姑姑

　　　爺爺　　　　　　　　奶奶

　　　剛剛　　　　　　　　常常

　　　輕輕　　　　　　　　慢慢

3. Give the *pinyin* of the following groups of words and then translate them into English. Try to guess the meanings of the words you haven't learned and then confirm them with the help of your friends, teachers, or dictionaries.

（1）公園
公司
公費
公共

（2）遊覽
游泳
遊行
遊動
遊玩

（3）老外
老公
老頭兒

（4）還湊合
還可以
還不錯
還行

4. Match each of the following characters in the first line with that in the second to make a word according to the *pinyin* provided. Draw a line to connect the two.

yóulǎn   chēnghu   dúshū   jiéhūn   wǎngluò   gōngzī
qǐyè   còuhe   xīnshǎng měilì   yǐnsī   qīngchǔ

稱 遊 結 讀 工 網 湊 企 欣 美 清 隱

婚 書 呼 覽 合 業 資 絡 楚 私 賞 麗

5. Fill in the blanks with the correct characters.

（1）這是個人的隱＿＿＿＿＿＿。
他＿＿＿＿＿＿你都去。
（積　私　和）

71

（2）您_____裡邊走。

那是他的_____房。

（住　注　往）

（3）我沒有聽_____楚。

他_____你吃晚飯。

（請　清　情）

（4）他很_____賞這兒的景色。

她頭疼，_____以沒有來。

（所　新　欣）

6. **Organize the characters in parentheses into Chinese sentences according to the *pinyin* given.**

（1）Nǐ de suìshu gēn wǒ chàbuduō.

（歲數你的跟差不多我）

_____

（2）Tāmen chàbuduō bǎ gèrén de yǐnsī dōu wèn dào le.

（把個人的問他們差不多都隱私到了）

_____

（3）Nǐ Hànyǔ shuō de zhēn bàng！

（說得你真棒漢語）

_____

（4）Wǒ bèi tāmen wèn de méi bànfa huídá.

（問得我被回答他們沒辦法）

_____

（5）Tā yě bú yuànyì bǎ tā de gōngzī qīngqingchǔchǔ de gàosu wǒ.

（他也把他的工資不願意告訴我清清楚楚地）

_____

7. Fill in the blanks with the correct characters according to the *pinyin*.

大爲剛 cóng ＿＿＿＿＿＿黄山回來,宋華問他這次旅行 zěnmeyàng ＿＿＿＿＿＿。大爲説:"好 jí ＿＿＿＿＿＿了! 黄山的 jǐngsè ＿＿＿＿＿＿很有特色。"但是,他 duì ＿＿＿＿＿＿一位中國小夥子問他的個人 yǐnsī ＿＿＿＿＿＿問題很不舒服。宋華告訴他,這是 biǎoshì ＿＿＿＿＿＿對你關心和友好。可是大爲還是 rènwéi ＿＿＿＿＿＿這些問題不應該問。

8. Character riddle.

兒女雙全。

(The key is a character.)

(Key to the riddle in Lesson 31:生)

9. Fill in the blanks with the proper verbs.

(1) ——您怎麼(　　　)?

　　——叫我小馬吧。

(2) 這兩瓶水夠我(　　)了。

(3) 你每個月(　　)多少錢?

(4) (　　)網絡的,工資一定很高。

(5) 這個詞你(　　)得很地道。

10. Choose the correct answers.

(1) 她能不能來參加晚會(party),得＿＿＿＿她心情好不好。

　　A. 想　　　B. 聽　　　C. 看　　　D. 問

(2) 我喜歡喝可樂＿＿＿＿。

　　A. 甚麼　　B. 的　　　C. 甚麼的

(3) 他學習已經＿＿＿＿努力了。

　　A. 不　　　B. 要　　　C. 夠　　　D. 沒

(4) 他爸爸是唱京劇＿＿＿＿。

　　A. 的　　　B. 地　　　C. 得

(5) 你＿＿＿＿多穿一些衣服,外面很冷。

　　A. 的　　　B. 地　　　C. 得

11. Make sentences by matching the words from part I with those from part II with lines.

I	II
你怎麼稱呼?	真是名不虛傳
還湊合	地道
黄山的景色	叫我小馬好了
"名不虛傳"用得	是"馬馬虎虎"的意思
他有點兒好奇,	就問得多了一點兒

12. Write sentences with the words given.

For example：收入　我的　還可以　→　我的收入還可以。

(1) 飯菜　今天　餐廳　做　還不錯　的

(2) 兩本　那　漢語　我的　課本　新　從　是　北京　買的

(3) 奶奶　熱情地　我的　歡迎　到來　外國朋友　的

(4) 能不能　得　說好　把　那　漢語　看　是不是　經常　練習

13. Make sentences with the words given.

(1) 把　車　停在門口
(2) 把　情況　介紹介紹
(3) 把　房間　打掃得乾乾淨淨
(4) 沒把　考試　放在心上

14. Change the following sentences into the statements with the prep osition "把".

For example：我打他。　→　我把他打了。

(1) 水果放在盤子裡。

(2) 汽車開到學校。

(3) 這篇文章翻譯成英語。

（4）那個包裹寄給他爺爺。

（5）晚飯已經做好了。

（6）書都搬進書房去了。

（7）你的自行車被小張騎走了。

（8）這個月的工資被妻子花完了。

（9）那套西服被他穿髒了。

（10）醫生被我請來了。

（11）你的名字被他寫錯了。

15. **Translate the following sentences into Chinese, using the words given in the parentheses.**

（1）Whether we can go abroad depends on our family.（看）

（2）Would you like to take the child home?（把）

（3）How should I address you?（稱呼）

（4）You should help her, otherwise she will fail in the exam.（得）（要不）

16. **Decide whether the following statements are grammatically correct (T) or wrong (F).**

（1）只要在網絡公司工作，收入才不會低。　　　　　（　　）

（2）我的收入還湊合。　　　　　（　　）

（3）差不多把個人隱私都問到了。　　　　　（　　）

（4）大家走了差不多兩個小時。　　　　　（　　）

（5）我不喜歡吃甚麼餃子、麵條、饅頭的。　　　　　（　　）

17. Decide whether the following statements are true (T) or false (F) according to the text in "Reading Comprehension and Paraphrasing" of this lesson.

（1）以前，王興想得最多的是怎麼花錢。 （　　）

（2）現在他忙着學習，忙得沒有休閒時間。 （　　）

（3）因爲王興老了，所以想去學習，讓自己變得年輕一些。 （　　）

（4）如果他再不學習，就一定會被淘汰。 （　　）

（5）妻子支持王興，因爲學習可以幫助王興掙更多的錢。 （　　）

18. Answer the following questions.

（1）你喜歡和別人聊天嗎？

（2）你的中國朋友對聊甚麼感興趣？你呢？

（3）當你不想回答別人的問題時，你怎麼辦？

19. Read the passages and do the following exercises.

（1）Translate the following words according to the passage.

迎客松在黃山光明頂上，是有名的景點。人們非常欣賞它那張開雙臂熱情歡迎客人的樣子。黃山迎客松已有1000多年的樹齡（shùlíng）。從1983年開始，每天有專人守護（shǒuhù），先後已經有13位守護員跟迎客松一起度過了近20年的歲月（suìyuè）。在精心護理下，這棵千年名松現在仍然（réngrán）枝葉茂盛（màoshèng）。

    a. 樹齡

    b. 守護

    c. 歲月

    d. 仍然

    e. 茂盛

(2) Complete the following statements after reading the passage.

有位老畫家特別喜歡畫梅花(méihuā)。朋友家有個三四歲的女孩子常來看老畫家畫梅花。

有一天,女孩兒很高興地對爸爸媽媽説,老爺爺答應(dāying)給她畫一幅梅花。媽媽給她準備了一張白紙,女孩兒把它交給了老畫家。一會兒,老畫家就在紙上畫出了一枝美麗的梅花。女孩兒看着畫問老畫家:"爺爺,這梅花甚麼時候結水果?"老畫家看了看孩子,笑着説:"明天。"女孩兒説了一聲"謝謝爺爺!",就拿着畫跑回家去了。

沒想到第二天,女孩兒真的又拿着畫來找老畫家。"爺爺,今天梅花該結水果了吧?"她要老畫家給她畫水果。梅花是不結果子的,可是老畫家昨天答應過她。雖然是開玩笑的話,但孩子是認真的。所以,老畫家就在那枝梅花上又畫上了許多果子。小孩子滿意地笑了。老畫家自己也笑了。他畫了一幅從來沒有人畫過的《梅花結子圖》。

a. 老畫家＿＿＿＿＿畫梅花。

b. 朋友家＿＿＿＿＿的女孩常來看老畫家畫畫。

c. 媽媽給她＿＿＿＿＿了一張白紙。

d. 老畫家給她畫了一枝＿＿＿＿＿的梅花。

(3) Discuss the question according to the passage.

我有急事要回報社,沒有買票,就急急忙忙地上了火車。這時,列車長(lièchēzhǎng)過來了,我正要找他,前面一個年輕人把他喊住了,問他:"列車長,還有臥鋪票沒有? 我是記者,能不能照顧(zhàogù)一下?"説着就拿出記者證給列車長看。列車長接過他的記者證,看了看説:"硬臥票(yìngwòpiào)沒有了,軟臥票(ruǎnwòpiào)還有,你要不要?"

"要,要!"那個年輕人高興地説。

列車長説:"我給你寫個鋪號,你到七號車廂找列車員補票交錢。"那個年輕人拿着鋪號走了。我也拿出記者證對列車長説:"列車長,我也是記者,還有軟臥票嗎?"列車長把我的記者證看了看,問我:"你也是《江城日報》的記者,剛才補票的那位年輕人也是你們報社的記者,你們不是一起的?"

我回答説:"不是的。我們報社大,人多,很多人都互相不認識。"列車長聽了,沒再問甚麼,也給了我一個臥鋪號。他對我説:"你跟他都在二車廂6號房,這次你們有機會互相認識認識了。"

我先到七號車廂交了錢,補了票,然後才到二車廂6號房。那個年輕人正在聽着音樂喝茶呢!我看了看他,覺得他不是我們報社的人。我想了想,就拿出記者證對那個年輕人說:"我是《江城日報》的,聽說你也是我們報社的記者,我好像沒見過你?"那個年輕人站起來跟我說:"大哥,老實(lǎoshi)告訴您,我不是你們報社的,我是做生意(shēngyi)的。那個記者證是我花二百元錢在廣州買的。因為我跑生意要常坐車,用記者證買票方便些。不過,我從來沒有用假記者證干過別的違法(wéifǎ)的事。"說完,他就把自己的身份證給我看,還說:"請你記下我的地址和身份證號碼,不信,你們可以去調查。"

我心裡想:"如果他說的話是真的,他用假記者證只是為買火車票,那麼,這種人是不是犯了詐騙罪(zhàpiànzuì)呢?"

Discussion Topic:年輕人是不是犯了詐騙罪?

(4) Answer the questions after reading the passage.

中國人有沒有隱私?

外國朋友常常對中國人的"直率"(zhíshuài)覺得不能理解。比如說,路上見面,中國人常常用"吃了嗎?""你去哪兒?"來打招呼。第一次見面,有的中國人就可能問對方的年齡、收入、家庭情況、身高體重等個人隱私問題。所以,很多外國人認為中國人沒有個人隱私。中國人是怎麼想的呢?在中國,朋友之間互相問問對方的近況,包括生活、家庭、身體健康等,是表示互相關心。如果兩個中國人見面只說"今天天氣好。",會讓人覺得不夠熱情,或者不是朋友跟朋友聊天。那麼,中國人有沒有隱私呢?當然有。在中國,一般不願意讓別人知道的個人的事情,或者是家庭裡發生的不好的事情,別人也不會去問。還沒結婚的青年男女,一般也不互相問年齡或者有沒有朋友。

a. 外國朋友可能對一些中國人的甚麼樣的習慣不理解?

b. 中國人通常用那些方式打招呼？這樣問表示甚麼？

c. 如果兩個中國人只談天氣,這說明甚麼？

d. 中國人有隱私嗎？

e. 你認爲個人隱私包括哪些內容？

20. Complete Ma Dawei's diary according to the texts of this lesson.

7月2日　小雨

今天,我在黃山認識了一個中國朋友,他問了我許多我不願意回答的問題。我真不知道他爲甚麼這麼關心別人的個人隱私問題……

第三十三課
Lesson 33

保護環境就是保護我們自己

Listening and Speaking Exercises

1. Pronunciation drills.

Read the following words or phrases aloud, paying special attention to the pronunciation of "j, q, x, zh, ch, sh".

j——決定上大學　保護環境　建立自然保護區　條件還可以
解決問題　教室裡很安靜

q——空氣很好　過期罰款　母親節快樂　去銀行換錢　請全體起立
郵局在前邊

x——喜歡看戲　練習和復習　繼續上課　見到你很高興　旗袍和西服
亞洲和非洲的關係

zh——照相機　注意污染　既認真又熱情　今年春天天氣不正常
職業病　看展覽

ch——名不虛傳　差不多　商場裡人很少　成都和重慶
不到長城非好漢　火車上的售票員

sh——上牀睡覺　考試很簡單　這件衣服很舒服　老師和教授　聖誕節
晚上　中華武術

2. Listen to each question and circle the correct answer according to the texts.

（1）A. 香山　　　B. 萬壽山　　　C. 靈山　　　D. 景山
（2）A. 陸雨平　　B. 王小雲　　　C. 林娜　　　D. 宋華
（3）A. 泰山　　　B. 黃土高原　　C. 西藏高原　　D. 黃山
（4）A. 國家公園　B. 遊樂園　　　C. 動物園　　　D. 植物園
（5）A. 女科學家　B. 女外交官　　C. 女記者　　　D. 女文學家

3. Listen to the following dialogue and decide whether the statements are true（T）or false（F）.

（1）女的覺得山很高。　　　　　　　（　　）

（2）女的爬不上去了。　　　　　　　（　　）

（3）男的不知道這座山的名字。　　　（　　）

（4）男的說靈山是北京最高的地方。　（　　）

（5）山太高,他們不想上去了。　　　（　　）

4. Listen and fill in the blanks.

（1）他歌唱＿＿＿＿＿很好。

（2）你還爬得＿＿＿＿＿嗎?

（3）我回答不＿＿＿＿＿了。

（4）女科學家＿＿＿＿＿了藏趣園。

（5）植樹節的消息登出來＿＿＿＿＿沒有?

5. Listen and write in *pinyin*.

（1）＿＿＿＿＿＿＿＿＿＿＿＿＿＿＿＿＿＿＿＿＿＿＿＿＿＿＿＿

（2）＿＿＿＿＿＿＿＿＿＿＿＿＿＿＿＿＿＿＿＿＿＿＿＿＿＿＿＿

（3）＿＿＿＿＿＿＿＿＿＿＿＿＿＿＿＿＿＿＿＿＿＿＿＿＿＿＿＿

（4）＿＿＿＿＿＿＿＿＿＿＿＿＿＿＿＿＿＿＿＿＿＿＿＿＿＿＿＿

（5）＿＿＿＿＿＿＿＿＿＿＿＿＿＿＿＿＿＿＿＿＿＿＿＿＿＿＿＿

6. Listen and write the characters.

（1）＿＿＿＿＿＿＿＿＿＿＿＿＿＿＿＿＿＿＿＿＿＿＿＿＿＿＿＿

（2）＿＿＿＿＿＿＿＿＿＿＿＿＿＿＿＿＿＿＿＿＿＿＿＿＿＿＿＿

（3）＿＿＿＿＿＿＿＿＿＿＿＿＿＿＿＿＿＿＿＿＿＿＿＿＿＿＿＿

（4）＿＿＿＿＿＿＿＿＿＿＿＿＿＿＿＿＿＿＿＿＿＿＿＿＿＿＿＿

（5）＿＿＿＿＿＿＿＿＿＿＿＿＿＿＿＿＿＿＿＿＿＿＿＿＿＿＿＿

7. Role-play.

Listen to and imitate the dialogue together with your partner. Try to get the meaning of the dialogue with the help of your friends, teachers, or dictionaries.

8. Culture experience.

從網上找一些有關環境保護的文章,然後向你的同學作介紹。

9. Try to read the following sentence as quickly as you can.

早飯吃得飽，午飯吃得好，晚飯吃得少。

Reading and Writing Exercises

1. Write the characters in the blank spaces, paying attention to the character components.

bǎo	亻 + 口 + 木	保					
huán	𤣩 + 罒 + 一 + 口 + 𧘇	環					
jìng	𡈼 + 竟	境					
kē	禾 + 斗	科					
yuán	厂 + 白 + 小	原					
zhí	木 + 直	植					
lìng	今 + 丶	令					
yíng	火 + 火 + 冖 + 呂	營					
jì	𣎑 + 旡	既					
jiē	扌 + 立 + 女	接					
shòu	爫 + 冖 + 又	受					
yù	亠 + 厶 + 月	育					
jì	糹 + 𢇷 + ㄴ	繼					
xù	糹 + 賣	續					

yán	石 + 开	研					
jiū	穴 + 九	究					
yí	禾 + 多	移					
líng	雨 + 口口口 + 巫	靈					
dēng	癶 + 豆	登					
jué	氵 + 夬	決					
wū	氵 + 亏	污					
rǎn	氵 + 九 + 木	染					
shā	氵 + 少	沙					
mò	氵 + 艹 + 日 + 大	漠					
kào	告 + 非	靠					
jìn	斤 + 辶	近					
guān	宀 + 吕	官					

2. Give the *pinyin* of the following words and phrases and then translate them into English.

(1) 教漢語
   受教育
(2) 都市
   都是
(3) 空氣
   空白
(4) 種樹
   種類

83

3. Give the *pinyin* of the following groups of words and then translate them into English. Try to guess the meanings of the words you haven't learned and then confirm them with the help of your friends, teachers, or dictionaries.

（1）植物
　　　動物
　　　人物
　　　生物
　　　食物
　　　物理

（2）移植
　　　種植
　　　植樹

（3）魚網
　　　上網
　　　網吧
　　　網球

（4）初一　　　初二
　　　初九　　　初十
　　　第一　　　第二
　　　第三　　　第十一
　　　老張　　　老李
　　　老大　　　老二
　　　老鼠　　　老虎
　　　老闆　　　老婆
　　　老公　　　老師
　　　阿姨

4. Match each of the following characters in the first line with that in the second to make a word according to the *pinyin* provided. Draw a line to connect the two.

bǎohù　　huánjìng　　kēxué　　gāoyuán　　jiànlì　　zhíwù

jiēshòu　　jiàoyù　　jìxù　　yánjiū　　jiějué　　wūrǎn

保　科　環　建　高　植　教　接　繼　研　污　解

學　境　護　物　育　立　原　續　染　決　受　究

5. Fill in the blanks with the correct characters.

（1）每個人都要保護_____境。

我去圖書館_____書。

（還　環）

（2）他口語成_____不錯。

你要_____續努力。

（繼　積　績）

（3）他確_____很忙。

哪兒_____名牌電視。

（買　賣　實）

（4）他愛好體育_____動。

明天去參觀的人不包_____他。

（話　活　括）

6. Organize the characters in parentheses into Chinese sentences according to the *pinyin* given.

（1）Wǒmen yě gǎnjué de chūlai.

（感覺我也得們出來）

_____

（2）Tā kěnéng hái kàn bu dǒng.

（可能他不懂還看）

_____

（3）Xiànzài rénrén dōu guānxīn Běijīng de lǜhuà.

（都關心現在北京人人的綠化）

_____

(4) Shāmò zhèng yì nián yì nián de xiàng Běijīng kàojìn.
（正一年一年沙漠地靠近向北京）

_____

(5) Wǒ xiě de zhíshù Jié de xiāoxi dēng chūlai le.
（植樹節我寫的登出來了的消息）

_____

7. Fill in the blanks with the correct characters according to the _pinyin_.

　　靈山的藏 qù _____ 園是一位女科學家 jiànlì _____ 的植物園。那裡的自然環境 gēn _____ 西藏高原 chà _____ 不多。年年都有很多中小學生去那兒 guò _____ 夏令營。他們 jì _____ 能欣賞自然景色，又能接受環 jìng _____ 保護的教育。林娜他們也去了那裡。他們很關心環保問題。陸雨平還 wèi _____ 北京的植樹節寫了一篇消息。他說："zhòng _____ 樹是保護環境的重要辦法之一。北京有不少種 jì _____ 念樹的活動。大家不 dàn _____ 要把樹種上，而且棵棵都要種活。我的文 zhāng _____ 就是寫一位非洲外交官帶着全家人參加種樹的事兒。在北京的外交官們都喜歡一家一家地去 cān _____ 加種樹。"

8. Add character components to each side of the character "口" to form the characters which we have learned.

（Key to the riddle in Lesson 32：好）

9. Fill in the blanks with the proper verbs.

（1）陸雨平說："車上不去了，請下車吧！我把車（　　）好，馬上就來。"

（2）林娜和同學們一步一步地（　　）上靈山。

（3）那位女科學家（　　）出了一個好主意。

86

（4）林娜說她現在還不一定（　　　）得懂中文的長文章。

（5）照片上一棵一棵的小樹（　　　）得多整齊啊！

（6）他寫的植樹節的消息在報上（　　　）出來了。

10. **Choose the correct answers.**

（1）北京市＿＿＿＿＿＿＿努力解決空氣污染的問題。

　　　　　A. 正在　　　　B. 很　　　　C. 已經　　　　D. 可能

（2）一棵一棵的小樹排＿＿＿＿＿＿＿多整齊啊！

　　　　　A. 很　　　　B. 得　　　　C. 的　　　　D. 地

（3）現在人人＿＿＿＿＿＿＿關心北京的綠化。

　　　　　A. 太　　　　B. 還　　　　C. 也　　　　D. 都

（4）沙漠正一年一年地＿＿＿＿＿＿＿北京靠近。

　　　　　A. 向　　　　B. 從　　　　C. 跟　　　　D. 和

11. **Make sentences by matching the words from part I with those from part II with lines.**

I	II
他想去藏趣園	拍得很好
張張照片都	聽不懂老師的話
你聽得懂	參觀
我們一步一步地	應該接受環境保護的教育
中小學生們	往上爬

12. **Write sentences with the words given.**

For example：説　好　他　得　漢語　很　→　他漢語説得很好。

（1）你　這些　記　住　得　嗎　生詞

（2）這些　吃　吃不完　得　完　菜　你

（3）看　了　沒有　你　出來

（4）他　過　春節　年年　回家　都

（5）球門　小　踢　進去　不　太

13. **Make sentences with the words given.**

(1) 聽　得　出來

(2) 搬　得　進去

(3) 買　得　到

(4) 爬　不　上去

(5) 跑　不　回去

14. **Decide whether the following statements are grammatically correct (T) or wrong (F).**

(1) 你爬得去嗎？　　　　　　　　　　　　（　　　）

(2) 這麼多生詞你是怎麼記住的？　　　　　（　　　）

(3) 我現在還不一定看懂中文的長文章。　（　　　）

(4) 力波既會說英語，又會說日語。　　　　（　　　）

15. **Decide whether the following statements are true (T) or false (F) according to the text in "Reading Comprehension and Paraphrasing" of this lesson.**

(1) 熊貓只生活在中國東部的一些地方。　　（　　　）

(2) 大熊貓是中國的"國寶"之一。　　　　　（　　　）

(3) "我"的國家也有大熊貓，但很少。　　　（　　　）

(4) "我"昨天和一位中國朋友去了北京動物園。（　　　）

(5) 美美和田田成了中國人民的友好"使者"。（　　　）

16. **Answer the following questions.**

(1) 你關心環境保護問題嗎？

(2) 你最擔心的環保問題是甚麼？

(3) 你平時是怎樣保護環境的？

(4) 你同意"保護環境就是保護我們自己"這種看法嗎？

（5）你認爲有甚麼好辦法可以更好地保護我們的環境？

17. Read the passages and do the following exercises.

（1）Translate the following words according to the passage.

　　從 2003 年 6 月起，北京市綠化有了新規定（guīdìng）：今後在新建大型綠地時，綠地率不能低於 60％，喬木（qiáomù）樹種不能低於 70％，沒有樹的草坪不能超過 30％，要"多種樹、種大樹"。這是北京市政府明確（míngquè）規定的。

　　　a. 規定
　　　b. 綠地率
　　　c. 低於
　　　d. 明確

（2）Answer the following questions after reading the passage.

城市綠地跟環境保護

　　城市綠地是城市環境保護的重要組成部分。一定的綠地不但可以美化城市，而且可以減輕（jiǎnqīng）環境污染。綠色植物是地球（dìqiú）上的環保工廠。它們吸收二氧化碳（èryǎnghuàtàn），放出氧氣（yǎngqì），讓城市有新鮮的空氣。一個風景美麗的城市應該有城市綠地。這樣，城市里的人們既能欣賞到大自然的美景，又能有一個很好的生活環境。

　　　a. 城市綠地有甚麼作用？

　　　b. 爲甚麼説綠色植物是地球上的環保工廠？

c. 爲甚麼一個風景美麗的城市應該有城市綠地？

（3）Answer the following questions after reading the passage.

內蒙有一座小山叫西梁山，離北京有 300 公里。18 年前，這座面積 3400 多畝（mǔ）的小山上連一棵樹都沒有。現在這裡已經變成了綠洲。這是一位農民和他的妻子，帶着 11 歲的孩子，用汗水澆灌（jiāoguàn）出來的。這位農民就是西山村的唐漢。

1985 年春天，37 歲的唐漢把家搬到了西梁山上。那時候村裡有人說：“唐漢放着好好的日子不過，跑到山上去喝西北風，一定是腦筋（nǎojīn）有問題！”唐漢說：“沙漠化這麼厲害（lìhai），咱現在吃點兒苦、受點兒累，把沙治好，讓子孫可以過上好日子。”他對村長說：“不把這座山綠化了，我決不下山！”

他們一家三口住在西梁山上的一間小屋裡。早上起來，眼裡、嘴裡全是沙子。這還是小問題，更困難的是喝水。他們要到山下拉水，來回有八九里路，拉一車水差不多要花半天時間。

最難的還是種樹不容易活。他們先種的是白榆（báiyú），還沒等樹苗發芽（fāyá），山風就把樹根颳出來了。唐漢對妻子說：“種白榆不行，咱們就種山杏（shānxìng）。”他們就把山杏種子種了下去。過了半個月，山杏種子都發芽了，一家人都很高興。到了冬天，大風一颳，1000 多棵山杏苗又都死了。

第二年春天，他們又改種黃沙柳（huángshāliǔ）。樹種下去以後，過了幾天，唐漢在沙柳枝上發現了嫩芽（nènyá）。“黃沙柳活了！”他高興得大喊大叫。一家人看到了希望！

18 年的汗水終於改變了西梁山的環境，沙丘變成了綠洲。唐漢一家也富起來了。

a. 他們一家在山上的生活怎麼樣？

b. 爲甚麼 1000 多棵山杏苗都死了？

c. 唐漢幹了多少年才綠化了西梁山?

18. **Imitating the example, write a letter in Chinese on environmental protection.**

語言學院環保協會的同學們:

你們好!

我是一名外國學生。我很關心北京的環境保護問題。前幾天我在報上看到了北京種紀念樹的消息。現在人人都關心北京的綠化,我很高興。我建議這個周末或者下個周末,我們學校的同學去西山植樹。

保護環境是非常重要的事兒。讓我們一起努力吧! 因為保護環境就是保護我們自己!

林娜

2003.6.15

19. **Use at least 8 words and phrases from the following list to write a short article on environmental protection.**

保護　環境　空氣　綠化　植物　種植　植樹　移植　沙漠　污染
解決　擔心　參觀　欣賞　遊覽　景色　風景　自然　既……又……
跟……有/沒關係

神女峰的傳說

Listening and Speaking Exercises

1. Pronunciation drills.

Read the following words or phrases aloud, paying special attention to the pronunciation of "zh, ch, sh, z, c, s".

zh——幫助小學生　抓住樹枝　中文專業　重要的事情　六十分鐘
尊重老師　好主意

ch——常常生病　春天的早上　四川成都　怎麼稱呼　古代傳説
廚房和餐廳

sh——三峽山水　接受教育　首都北京　名勝古跡　司機師傅
上山下山　友誼的使者

z——租房子　做作業　民族特色　藏族的醫生　醫務室的工作人員
實在不舒服

c——湊合　蔬菜和水果　怎麼才來　參觀植物園　下次再説吧
喜歡四川菜

s——顏色不錯　打掃宿舍　真不好意思　參加世界比賽　西藏的景色
入鄉隨俗

2. Listen to each question and circle the correct answer according to the texts.

(1) A. 小燕子　　　B. 馬大為　　　C. 丁力波　　　D. 王小雲
(2) A. 帶了　　　　B. 沒帶
(3) A. 醫院　　　　B. 藥店　　　　C. 醫務室　　　D. 朋友那兒
(4) A. 颱風　　　　B. 下雨　　　　C. 下雪　　　　D. 陰天
(5) A. 吃飯　　　　B. 看電視　　　C. 聊天　　　　D. 睡覺

3. Listen to the following dialogue and decide whether the statements are true（T）or false（F）.

（1）他們吃了很多辣的東西。 （ 　 ）

（2）女的覺得空氣都有辣味兒了。 （ 　 ）

（3）他們已經到神女峰了。 （ 　 ）

（4）男的沒聽過神女峰的傳說。 （ 　 ）

（5）女的知道神女峰的傳說。 （ 　 ）

4. Listen and fill in the blanks.

（1）他暈得＿＿＿＿＿可樂也不想喝了。

（2）剛才我睡＿＿＿＿＿了。

（3）媽媽從早到晚＿＿＿＿＿我忙。

（4）你＿＿＿＿＿在說好聽的了。

（5）林娜明天不去長城,她上星期已經去過了。

　　＿＿＿＿＿,她明天還有別的事。

5. Listen and write in *pinyin*.

（1）＿＿＿＿＿＿＿＿＿＿＿＿＿＿＿＿＿＿＿＿＿＿＿＿＿

（2）＿＿＿＿＿＿＿＿＿＿＿＿＿＿＿＿＿＿＿＿＿＿＿＿＿

（3）＿＿＿＿＿＿＿＿＿＿＿＿＿＿＿＿＿＿＿＿＿＿＿＿＿

（4）＿＿＿＿＿＿＿＿＿＿＿＿＿＿＿＿＿＿＿＿＿＿＿＿＿

（5）＿＿＿＿＿＿＿＿＿＿＿＿＿＿＿＿＿＿＿＿＿＿＿＿＿

6. Listen and write the characters.

（1）＿＿＿＿＿＿＿＿＿＿＿＿＿＿＿＿＿＿＿＿＿＿＿＿＿

（2）＿＿＿＿＿＿＿＿＿＿＿＿＿＿＿＿＿＿＿＿＿＿＿＿＿

（3）＿＿＿＿＿＿＿＿＿＿＿＿＿＿＿＿＿＿＿＿＿＿＿＿＿

（4）＿＿＿＿＿＿＿＿＿＿＿＿＿＿＿＿＿＿＿＿＿＿＿＿＿

（5）＿＿＿＿＿＿＿＿＿＿＿＿＿＿＿＿＿＿＿＿＿＿＿＿＿

7. Role-play.

Listen to and imitate the dialogue together with your partner. Try to get the meaning of the dialogue with the help of your friends, teachers, or dictionaries.

8. Culture experience.

你知道一些中國的傳說嗎？說給你的朋友們聽聽。

9. Try to read the following sentences as quickly as you can.

四是四，十是十。十四不是四十四，你說是不是？

10. Read the following material and do questions-and-answers with your partner.

三峽工程（gōngchéng）——世界上最大的水利工程

三峽大壩：

長：2335 米　底寬：115 米　頂寬：40 米　高：185 米

三峽水庫：

全長：600 多千米　平均寬度：1.1 千米

工程分期（共 17 年）：

一期工程：1993 年——1998 年
二期工程：1999 年——2003 年
三期工程：2004 年——2009 年

Reading and Writing Exercises

1. Write the characters in the blank spaces, paying attention to the character components.

yūn	日 ＋ 冖 ＋ 車	暈						
chuán	舟 ＋ 几 ＋ 口	船						
là	辛 ＋ 束	辣						
jiǎng	言 ＋ 井 ＋ 再	講						

wèi	口 + 未	味					
lián	車 + 辶	連					
guā	風 + 舌	颳					
liáng	冫 + 京	涼					
shén	礻 + 申	神					
chuān	丿 + 丨 + 丨	川					
hú	氵 + 古 + 月	湖					
xiá	山 + 夾	峽					
mí	米 + 辶	迷					
shī	言 + 寺	詩					
àn	山 + 厂 + 干	岸					
yuán	犭 + 袁	猿					
tí	口 + 帝	啼					
bà	扌 + 雨 + 革 + 月	霸					
lǐ	木 + 子	李					

2. Give the *pinyin* of the following words and phrases and then translate them into English.

（1）可樂

　　音樂

（2）找不着

　　看着電視

（3）幹甚麽

　　洗乾淨

3. Give the *pinyin* of the following groups of words and then translate them into English. Try to guess the meanings of the words you haven't learned and then confirm them with the help of your friends, teachers, or dictionaries.

（1）頭暈

　　暈車

　　暈船

　　暈機

（2）坐船

　　船票

　　船長

　　船員

（3）醫務室

　　售票室

　　辦公室

（4）古詩

　　新詩

　　詩人

　　作詩

（5）刀子　　　　　叉子　　　　　杯子

　　盤子　　　　　筷子　　　　　瓶子

　　桌子　　　　　椅子　　　　　妻子

　　兒子　　　　　孫子　　　　　孩子

　　房子　　　　　嗓子　　　　　本子

　　樣子　　　　　棋子　　　　　小夥子

(6) 花兒　　　　　畫兒　　　　　事兒
　　　大聲兒　　　　座兒　　　　　個兒
(7) 石頭　　　　　木頭　　　　　骨頭
　　　裡頭　　　　　外頭　　　　　上頭
　　　下頭　　　　　前頭　　　　　後頭
(8) 記者　　　　　作者　　　　　譯者
　　　讀者　　　　　學者　　　　　長者
　　　愛好者　　　　工作者　　　　旅遊者
(9) 綠化　　　　　美化　　　　　老化
　　　年輕化　　　　科學化　　　　簡單化
(10) 畫家　　　　　作家　　　　　專家
　　　文學家　　　　科學家　　　　藝術家
　　　音樂家　　　　舞蹈家　　　　演奏家

4. **Match each of the following characters in the first line with that in the second to make a word according to the *pinyin* provided. Draw a line to connect the two.**

yùnchuán　　guāfēng　　yèli　　chuánshuō　　láiwǎng　　kělè

mízhù　　　qīngzhōu　　měilì　　wánxiào　　zhàogù

暈　颳　夜　傳　來　可　美　迷　輕　玩　照

裡　説　船　風　麗　住　往　樂　顧　舟　笑

5. **Give the *pinyin* of the following characters with dots and then translate the whole sentences into English.**

(1) 馬大為很喜歡中國音樂_____。
　　他不想喝可樂_____。
(2) 這支名牌毛筆很好_____用。
　　他愛好_____唱京劇。

97

（3）他每天都是晚上十點半睡覺_____。

我覺_____得這事兒比較麻煩。

（4）輕舟已過萬重_____山。

這個包裹很重_____。

（5）君子蘭長_____得很好。

休息的時間不長_____。

6. **Organize the characters in parentheses into Chinese sentences according to the *pinyin* given.**

（1）Nǐ Sìchuān cài chī de hěn gāoxìng a.

（吃得你四川菜高興很啊）

_____

（2）Yùnchuán de yào nǐ chī le méiyǒu?

（船的暈藥沒有你吃了）

_____

（3）Gāngcái wǒ shuìzháo le.

（睡着剛才我了）

_____

（4）Chuán hǎoxiàng tíngzhù le.

（像停住船好了）

_____

（5）Wǒ hái jìzhù liǎng jù Lǐ Bái de shī.

（還記住我李白的詩兩句）

_____

（6）Zhèr lián kōngqì yě yǒu là wèir.

（連空氣這兒也味兒有辣）

_____

7. **Fill in the blanks with the correct characters according to the** *pinyin*.

小燕子和馬大爲去遊 lǎn _____ 三峽。他們一路上吃了不少很 là _____ 的菜，大爲又 yùn _____ 船，所以很不 shū _____ 服。小燕子去醫務室要了暈船 yào _____。大爲吃了藥，又 shuì _____ 了一覺，很快就好了。三峽的景色美得好像一 fú _____ 中國山水畫。大爲說他被美麗的神女和從早到晚爲他忙的小燕子 mí _____ 住了。小燕子還 gěi _____ 大爲講了神女峰的傳說。

8. **Add character components to each side of the character "木" to form the characters which we have learned.**

```
    ┌───┐
    │   │
┌───┼───┼───┐
│   │ 木 │   │
└───┼───┼───┘
    │   │
    └───┘
```

（Key to exercise 8 in Lesson 33：足，古名各右，咱吃喝咖啡唱嗎吧呢，和知加）

9. **Fill in the blanks with the proper verbs.**

（1）他不能坐船，因爲他（　　　）船。

（2）小燕子給大爲（　　　）了神女峰的傳説。

（3）我不記得把書（　　　）在哪兒了。

（4）（　　　）風了，外邊有點兒涼。

（5）別（　　　）了，昨天的考試特別難。

10. **Choose the correct answers.**

（1）快考試了，_____不能再玩兒了。

      A. 能　　　　B. 可　　　　C. 可以　　　　D. 會

（2）別提了，昨天我_____暈了。

      A. 很　　　　B. 是　　　　C. 非常　　　　D. 十分

（3）爸爸_____早_____晚爲工作忙。

      A. 既……又……　　　　　　B. 不但……而且……

      C. 一邊……一邊……　　　　D. 從……到……

（4）颱風了，外邊有點兒涼，你_____別出去。

        A. 可能   B. 可以   C. 可   D. 還

（5）過幾年你_____來遊覽三峽，還會看到新的景色。

        A. 再   B. 又   C. 就   D. 才、

11. Make sentences by matching the words from part I with those from part II with lines.

I	II
我站起來	全身都不舒服
我覺得	好點兒
三峽	就頭暈
我頭暈	實在是太美了
李白的那首詩	我記住了兩句

12. Write sentences with the words given.

For example：說　好　他　得　漢語　很　→　他漢語說得很好。

（1）吃　可　不　這麼辣的菜　下去　我

（2）可樂　味兒　的　不對了　也

（3）你　吃　甚麼　點兒　應該

（4）今天　點兒　你　吧　了　好

（5）我們　吧　欣賞　景色　三峽　來　一起

13. Make sentences with the words given.

（1）拿　得　住
（2）等　得　着
（3）站　不　住
（4）買　不　着
（5）睡　不　着

14. Change the positive sentences into negative sentences.

For example：剛才我睡着了。　　→　　剛才我睡不着。

（1）李白的那首詩我記住了。

（2）我找着我的書了。

（3）這種衣服一定買得着。

（4）東西不大,我拿得住。

（5）我看得見黑板。

15. Translate the following sentences into Chinese，using the words given in the parentheses.

（1）She is singing a love song.（首）

（2）It's blowing hard tonight.（颺）

（3）I'd like to go，but I'm not sure if I can find the time.（又）

（4）She bought a lot of beautiful flowers for her mother on the Mother's Day.

（爲）

（5）I'm looking for my bag，but I can't find it.（找不着）

16. Decide whether the following statements are grammatically correct（T）or wrong（F）.

（1）又説,船上的菜個個都辣。　　　　　　　　（　　）

（2）過幾年你再來遊覽三峽,還會看到新的景色。（　　）

（3）我可吃不去。　　　　　　　　　　　　　　（　　）

（4）我們都對這件事着急。　　　　　　　　　　（　　）

（5）他暈得連可樂也不想喝了。　　　　　　　　（　　）

17. Decide whether the following statements are true (T) or false (F) according to the text in "Reading Comprehension and Paraphrasing" of this lesson.

(1) 鼻烟壺在中國已經有 2000 多年的歷史了。   (   )

(2) 張學良先生最喜歡收藏鼻烟壺。   (   )

(3) 年輕的藝術家在鼻烟壺裡畫了自己年輕時穿着軍服的畫像。

(   )

(4) 1992 年,中國在夏威夷舉辦了工藝美術展。   (   )

(5) 張學良先生參觀展覽時見到了那位爲他畫像的老畫家。 (   )

18. Answer the following questions.

(1) 你遊覽過三峽嗎?

(2) 你聽過三峽的傳說嗎?

(3) 你還知道哪些美麗的傳說?

(4) 三峽的事兒你還知道些甚麽?

(5) 你遊覽過哪些自然風景區?

(6) 你喜歡甚麽樣的景色?

19. Read the passages and do the following exercises.

(1) Try to read and recite the following poem of Li Bai.

早發白帝城   Zǎo Fā Báidìchéng

朝辭白帝彩雲間,   Zhāo cí Báidì cǎiyún jiān,

千里江陵一日還。   qiān lǐ Jiānglíng yí rì huán.

兩岸猿聲啼不住,   Liǎng àn yuánshēng tí bu zhù,

輕舟已過萬重山。   qīng zhōu yǐ guò wàn chóng shān.

（2）Complete the following statements after reading the passage.

班門弄斧

　　李白的墓(mù)在安徽當涂。去江南遊覽的詩人、作家一般都要去看看李白的墓。有的還作詩紀念這位大詩人。有個詩人也去看李白的墓。他看見墓前寫了不少詩，但是好詩不多。他心想："這樣的詩怎麼能寫在李白的墓前呢？太可笑了。"他決定自己也在李白墓前寫一首詩：

采石江邊一堆土，

李白詩名高千古。

來的去的寫兩行，

魯班門前弄大斧。

　　"一堆(duī)土"是指李白的墓。魯班是春秋時期一位有名的木匠(mùjiang)，是用斧子的專家。後來的木匠都把魯班看成是自己的祖師爺(zǔshīyé)。這首詩的意思是：那些在李白墓前寫詩的人，就好像在魯班門前用斧子一樣。

　　後來人們常用"班門弄斧"來比喻在專家面前表現自己。

　　　a. "一堆土"是指_____的墓。

　　　b. 魯班是用斧子的_____。

　　　c. "班門弄斧"是比喻在專家面前_____。

（4）Answer the following questions after reading the passage.

古代詩人與三峽

　　三峽在中國人心中的地位很重要。《唐詩三百首》裡直接寫三峽的就有12首，寫長江的有54首。中國第一位大詩人屈原(Qū Yuán)的故鄉就在三峽。"詩仙"李白三次過三峽，留下了不少詩篇，特別是《早發白帝城》最有名。"詩聖"杜甫也寫下了很多名詩。

　　　a. 三峽在中國人心中的地位怎麼樣？

　　　b. 中國第一位大詩人是誰？他家在哪兒？

c. 李白寫三峽最有名的詩是哪首？

20. **Complete the passage according to the texts of this lesson.**

今天我參觀了三峽書畫作品展覽。我還沒去過三峽，一直想去看一看那兒的美麗景色。今天的展覽讓我對三峽先有了一個瞭解。……

21. **Use at least 8 words and phrases from the following list to describe one of your travel experiences.**

再說　不想＋V_1……就想＋V_2　看日出　好點兒了　迷住了
連……也……　別提了　既……又……　實在　美極了　遊覽　景色

汽車我先開着

Listening and Speaking Exercises

1. Pronunciation drills.

Read the following words or phrases aloud, paying special attention to the pronunciation of "ian, ai, ou, üe, uei, eng".

ian ——現在先聽我説　鍛煉身體　勤儉節約　時間就是金錢
　　　　艱苦樸素　實現理想

ai ——開始工作　買汽車　我還沒吃晚飯　開車上班　擺了很多盆景
　　　　再見　借債

ou ——開學以後　都21世紀了　去中國旅遊　享受生活

üe ——節約　向科學家學習　我覺得這樣做不好　越來越多
　　　　解決問題

uei ——絶對不行　最有信用的人　爲我們的友誼乾杯　胃疼　對不起

eng——掙夠錢了　你瘋了　説夢話　您老怎麽稱呼　他生病在家休息
　　　　修整了一下花草

2. Listen to each question and circle the correct answer according to the texts.

(1) A. 開始工作以前　　　　　B. 開始工作以後
　　 C. 工作一年以後　　　　　D. 工作五年以後

(2) A. 走路　　　　　　　　　B. 開汽車
　　 C. 騎自行車　　　　　　　D. 跑步

(3) A. 用父母的錢　　　　　　B. 自己工作的錢
　　 C. 向朋友借錢　　　　　　D. 向銀行貸款

(4) A. 百分之十或二十　　　　B. 百分之二十或三十
　　 C. 百分之五或十　　　　　D. 百分之一或五

(5) A. 會　　　　　　　　　　B. 不會

3. Listen to the following dialogue and decide whether the statements are true (T) or false (F).

(1) 昨天男的沒來。　　　　　　　　　　（　　）

(2) 男的有事,所以沒來。　　　　　　　　（　　）

(3) 男的給女的打電話,告訴女的他不能來了。（　　）

(4) 男的沒來,所以女的很快就走了。　　　（　　）

(5) 女的有點兒不高興。　　　　　　　　　（　　）

4. Listen and fill in the blanks.

(1) 我們要_____用水。

(2) 現在已經是 21 _____了。

(3) 以前,我家的生活很_____。

(4) 我_____不會向你借錢。

(5) 我要好好_____這個星期天。

5. Listen and write in *pinyin*.

(1) _____

(2) _____

(3) _____

(4) _____

(5) _____

6. Listen and write the characters.

(1) _____

(2) _____

(3) _____

(4) _____

(5) _____

7. Role-play.

Listen to and imitate the dialogue together with your partner. Try to get the meaning of the dialogue with the help of your friends, teachers, or dictionaries.

8. Culture experience.

　　你想貸款買一輛汽車或一所房子,問問你的朋友或銀行工作人員,貸款需要哪些材料和手續。

9. Read the following material and make up a dialogue with your partner enquiring a-
bout the following apartment you want to purchase and about the formalities you
need to go through to get the loan from the bank.

＊區：	高新區	
＊名稱：	二十一世紀花園景園	
物業類型：	公寓	
房屋結構：	兩室兩廳　兩衛	
基礎設施：	水　電　煤氣/天然氣　有綫電視　寬帶網絡	
建設面積：	80 平方米	
樓　層：	4	
賣房價格：	4500 元/平米	
登記日期：	2003-6-25 9:41	有效天數:30 天
＊聯繫人 （房產公司）：	文小姐　向先生	
＊聯繫方式：	E-mail：huayuanjingyuan@ bj. com	
	聯繫電話:2232220　2246220　6693622	
	MSN 或 QQ：	
備　註： （不超過200字）		

Reading and Writing Exercises

1. Write the characters in the blank spaces, paying attention to the character components.

tǐng	扌 + 壬 + 廴	挺					
yuē	纟 + 勺	約					

bèi	非 + 車	輩					
bèi	亻 + 咅	倍					
mìng	人 + 一 + 口 + 卩	命					
jīn	人 + 干 + ⺀ + 一	金					
jiān	堇 + 艮	艱					
pǔ	木 + 业 + 美	樸					
sù	圭 + 糸	素					
qín	廿 + 中 + 王 + 力	勤					
jiǎn	亻 + 僉	儉					
chǎn	产 + 生	產					
xù	艹 + 玄 + 田	蓄					
dài	代 + 貝	貸					
fēng	广 + 風	瘋					
zhài	亻 + 責	債					
jué	糹 + 色	絕					
kùn	囗 + 木	困					
wěn	禾 + ⺊ + 工 + 彐 + 心	穩					

108

fù	亻 + 寸	付					
àn	扌 + 安	按					
chù	广 + 七 + 夂 + 几	處					
xiǎng	亠 + 口 + 子	享					

2. **Give the** *pinyin* **of the following groups of words and then translate them into English. Try to guess the meanings of the words you haven't learned and then confirm them with the help of your friends, teachers, or dictionaries.**

    （1）汽車

        火車

        電車

        卡車

        旅遊車

        麵包車

        出租車

    （2）丟人

        丟臉

        丟面子

    （3）夢話

        好話

        壞話

    （4）好處

        壞處

    （5）醫生   學生   先生

        小學生   中學生   大學生

        研究生   自費生   旁聽生

(6) 隊員	學員	教員
演員	售貨員	售票員
營業員	服務員	技術員
研究員	守門員	運動員
(7) 飯館	茶館	旅館
咖啡館	圖書館	美術館
博物館	展覽館	熊貓館
(8) 食品	物品	產品
商品	藥品	用品
(9) 學院	醫院	戲院
醫學院	商學院	文學院
科學院	電影院	京劇院

3. **Match each of the following characters in the first line with that in the second to make a word according to the *pinyin* provided. Draw a line to connect the two.**

tǐnghǎo   jiéyuē   shìjì   wěndìng   shēngmìng   jiānkǔ
pǔsù   qínjiǎn   chǎnpǐn jīngjì   kùnnan   shíxiàn

節　挺　世　穩　艱　生　勤　樸　困　產　實　經

好　定　約　苦　紀　儉　素　命　現　品　濟　難

4. **Fill in the blanks with the correct characters.**

(1) 要節_____用水。

家裡吃_____東西多不多？

(約　的)

(2) 他很會享_____生活。

她很熱_____自己的工作。

(愛　受　變)

110

（3）她每月用的錢是我的兩_____。

你_____孩子們去玩兒吧。

（陪　部　倍）

（4）我們不能把_____苦樸素丟了。

大家都不怕困_____。

（觀　艱　難）

（5）我_____不了你的事。

他是外交_____。

（官　營　管）

5. **Organize the characters in parentheses into Chinese sentences according to the** *pinyin* **given.**

（1）Wǒ xiǎng qù nǎr jiù qù nǎr.

（去哪兒我去哪兒想就）

_____

（2）Nǐ shénme shíhou zhènggòule qián shénme shíhou zài mǎi qìchē.

（你掙夠了甚麼時候錢再買汽車甚麼時候）

_____

（3）Nín yǐwéi shéi xiǎng jiè yínháng de qián shéi jiù néng jiè?

（借銀行您以爲誰想的錢就能借誰）

_____

（4）Nǐ ài zěnme zuò jiù zěnme zuò.

（怎麼做你就愛怎麼做）

_____

(5) Tā yìdiǎnr "xìnyòng" dōu méiyǒu.

（都沒有他"信用"一點兒）

_____

(6) Jiùshì èrshí yī shìjì shēnghuó yě děi jiānkǔ pǔsù.

（艱苦樸素就是 21 世紀也得生活）

_____

6. Fill in the blanks with the correct characters according to the _pinyin_.

　　王小雲想開始工作以後就買車,因爲有了車很方便,而且能節 yuē _____ 時間。可是小雲的媽媽認爲,21 世紀也要 jiān _____ 苦樸 sù _____。騎自行車上班比較好,還能鍛煉身體。小雲不要媽媽 guǎn _____ 她的事,她想向銀行 dài _____ 款。小雲媽媽一 bèi _____ 子都沒有借過 zhài _____,不同意小雲這樣做。小雲解釋説,她有 wěn _____ 定的工作,是有 xìn _____ 用的人。先借錢買車,然後慢慢還錢,這是一種新觀 niàn _____。小雲説她媽媽跟不上時 dài _____ 了。

（Key to exercise 8 in Lesson 34：李查,架茶染,村樸機杯松樹橋相檢樓棋棵樣棒,林）

7. Fill in the blanks.

（1）5 萬是 5 千的 _____ 倍。

（2）30 的八倍是 _____。

（3）300 的 _____ 是 30。

（4）200 的百分之五是 _____。

（5）40 的 _____ 是 10。

8. Fill in the blanks with the proper verbs.

（1）在 21 世紀也得勤儉（　　）日子。

（2）我的事不要你（　　）。

（3）時代不同了,我們的觀念也得（　　）一（　　）了。

（4）你們公司（　　）甚麼產品?

（5）你太浪費了,應該（　　）一點兒。

112

9. **Choose the correct answers.**

(1) _____10 點了,他怎麼還沒來?

        A. 才   B. 就   C. 都   D. 剛

(2) 明天_____下雨,我也要去接你。

        A. 只要   B. 就是   C. 因爲   D. 既然

(3) 你_____時候來我們就_____時候出發。

        A. 怎麼   B. 哪兒   C. 誰   D. 甚麼

(4) 這些人我一個_____不認識。

        A. 也   B. 還   C. 就   D. 才

(5) 你不能_____我丟人。

        A. 要   B. 給   C. 被   D. 把

10. **Make sentences by matching the words from part I with those from part II with lines.**

I	II
他説的話我一句	我也知道
等我看完這本書	我們就讓誰當班長
就是你不告訴我	就借給你
誰有能力	四分之一
4 是 16 的	也沒聽清楚

11. **Write sentences with the words given.**

For example：説 好 他 得 漢語 很 → 他漢語説得很好。

(1) 真 不 在 你 想 知道 甚麼

(2) 比 快 開車 一 騎車 倍

(3) 有 是 錢 的 這 習慣 人

(4) 也 你 信用 沒有 一點兒

(5) 怎麼 你 就 怎麼 愛 玩 玩

12. Make sentences with the words given.

(1) 等……就……

(2) 一……也/都……不/沒

(3) 比……貴一倍

(4) 就是……也……

(5) 跟不上

13. Change the following sentences into the statements with the structure "一……也/都……沒/不".

For example：他沒有錢。　　→　他一分錢也沒有。

(1) 你的話我都聽不懂。

(2) 這些書她都沒看過。

(3) 圖書館裡沒有人。

(4) 他所有考試都沒考好。

(5) 他甚麼都不想吃。

14. Translate the following sentences into English.

(1) 房間外面可冷了。

　　我知道那個地方，可我不想去。

(2) 你在前面走，我跟着你。

　　這件衣服跟那件一樣漂亮。

(3) 請等我一會兒。

　　等我回國以後，我就給你寫信。

（4）都四月了,怎麼還下雪?

我們都來了。

15. **Decide whether the following statements are grammatically correct (T) or wrong (F).**
（1）哪兒漂亮,就我們去哪兒。　　　　　　（　　）
（2）10 的三分之十是三。　　　　　　　　　（　　）
（3）這件衣服比那件衣服貴一倍。　　　　　（　　）
（4）等掙夠了錢我就買車。　　　　　　　　（　　）
（5）明天就是忙,你都要來。　　　　　　　（　　）

16. **Decide whether the following statements are true (T) or false (F) according to the text in "Reading Comprehension and Paraphrasing" of this lesson.**
（1）這些高薪窮人族掙得少花得多。　　　　　（　　）
（2）這些人大部分沒有結婚,和父母住在一起。　（　　）
（3）他們把大部分錢交給父母。　　　　　　　（　　）
（4）他們的錢都花在個人消費上。　　　　　　（　　）
（5）他們自己很會享受生活,認爲這是一種新的消費觀念。（　　）

17. **Answer the following questions.**
（1）你們國家的人常常向銀行貸款嗎?

（2）你貸過款嗎?

（3）你同意"花明天的錢,實現今天的夢"這種觀念嗎? 爲甚麼?

（4）你覺得有甚麼好辦法來解決"代溝"問題嗎?

18. Read the passages and do the following exercises.

(1) Translate the following words according to the passage.

中國的汽車工業

20 世紀 50 年代,中國才開始建立自己的汽車工業。

1956 年 7 月 13 日,中國長春市第一汽車製造廠製造出第一輛解放牌汽車,中國結束(jiéshù)了自己不能製造汽車的歷史,實現了中國人自己生産汽車的夢想。

1992 年,全國汽車年産量第一次超過 100 萬輛。1998 年生産 162.8 萬輛,在世界上排名第 10 位。中國汽車工業産品銷售收入 2504.7 億元。

1998 年,全國私人汽車有 423.7 萬輛(其中客車、轎車 230.7 萬輛),佔當年全國民用汽車保有量 1319 萬輛的 32.1%。全國千人汽車保有量,從 1991 年的 5.2 輛增長到 1998 年的 10.7 輛。

中國汽車工業經過 50 年的發展,特別是改革開放 20 年來的發展,取得了很大的進步。1994 年以後,中國的汽車工業每年以 3%~7% 的速度持續增長。

    a. 結束

    b. 超過

    c. 排名

    d. 銷售

    e. 持續

    f. 增長

(2) Fill in the blanks after reading the passage.

中國人有勤儉過日子的習慣,花錢注意"細水長流",很注意把錢存起來,留着以後有急事時用。有位女記者做了一次調查,她發現,這種傳統的消費觀念在女性中仍然佔主導地位。有 65.23% 的女性認爲,過日子就應該"艱苦樸素,精打細算";有 19.45% 的女性認爲自己屬於"沒有計劃,隨便花"的消費類型;還有 11.19% 的女性表示自己的消費方式是"掙多少花多少";只有 4.13% 的女性願意接受貸款消費的方式。

    a. 65.23% 的女性的消費觀念是＿＿＿＿＿＿＿＿

    b. 只有 4.13% 的女性願意接受＿＿＿＿＿＿＿＿

(3) Answer the questions according to the passage.

馬大姐開車

馬大姐走到哪兒就會把笑聲帶到哪兒。別的不説,就説馬大姐學開車這件事兒吧,您可能想不到,她十年前就拿到了汽車駕駛證(jiàshǐzhèng),也算是"老司機"了,可是她只開過兩次汽車。第一次是拿到駕駛證的當天晚上。那天,下着小雨,她把車開到天安門廣場(Tiān'ānmén Guǎngchǎng)。她一看見紅燈就着急了,找不着停車綫了。她的車正在走走停停的時候,警察發現了她,大聲地喊道:"请靠邊停車!"馬大姐馬上把車開到路邊停住,然後下車跑到警察身邊,很恭敬(gōngjìng)地對警察説:"對不起! 您要罰多少?"警察問她:"紅燈都亮了,你還往前開! 你要去哪兒?""我不要去哪兒,您看看我駕駛證上的日子,您就會……"馬大姐覺得自己是第一天開車,犯點兒小錯,警察應該原諒(yuánliàng)她。可是警察看都沒看她,就説:"十塊錢!"馬大姐把駕駛證和錢遞過去,警察拿過駕駛證一看:"是您啊,馬大姐。"然後給她一張罰款單,説:"您去銀行交錢,下次請注意!"

第二次開車出去,剛到十字路口,車就熄火(xīhuǒ)了,怎麼也發動(fādòng)不起來。警察走過來問:"您在這兒幹嗎呢?""沒幹甚麼,我看見警察有點兒緊張(jǐnzhāng)!""又沒犯錯誤! 您緊張甚麼? 用不用幫您推一推?"馬大姐説:"不麻煩您了!"

十多年來,馬大姐就開了這麼兩次車,而且兩次都很不順利。後來她再也沒有開過車。

a. 馬大姐第一次開車被罰款,是因爲甚麼?

b. 馬大姐第二次開車被罰款了嗎?

(4) Answer the following questions after reading the passage.

中國的貸款熱

中國人自古就有勤儉節約的傳統,靠自己的努力,一點點地積累(jīlěi)家庭的財富(cáifù)。中國人的傳統消費觀是"能花多少錢,才花多少錢",不是"想花多少錢,就花多少錢"。"借貸"一詞在中國人看來,有一種不好的意思。人們認爲只有追求享受、不會過日子的人才去借貸消費。可是現在,在中國已經颳起了一股借貸消費的風。在北京、上海、廣州等大城市,哪兒都能看到貸款買車、貸款買房的廣告和信息。這幾年,中國的市場經濟在發展,特別是加入 WTO 以後,很多中國人的消費觀念也變了,他們越來越注重生活的品質(pǐnzhì),越來越注重消費水平。對絕大多數人來說,如果靠自己工資收入來消費,他們不可能很快地過上好日子。所以,人們對貸款消費也就開始感興趣了。現在,"貸款"已成爲一個很流行的詞了。它代表着一些中國人的新的消費觀。

a. 過去,中國人的消費觀是怎樣的?

b. "借貸"一詞在中國人的傳統觀念中有甚麼意思?

c. 現在,在中國,"貸款"爲甚麼成爲一個流行的詞?

19. **Use at least 8 words and phrases from the following list to describe the new concept of loaning.**

節約　貸款　借債　銀行　按時還錢　信用　穩定　商品經濟　時代
觀念　變　享受　一……也/都……沒/不

北京熱起來了

Listening and Speaking Exercises

1. Pronunciation drills.

Read the following words or phrases aloud, paying special attention to the pronunciation of "e, u, ang, eng, ing".

e——北京熱起來了　從熱帶到寒帶　可是我覺得這兒只有夏天
氣候的特點

u——氣候很複雜　差不多　羽絨服　舒服極了　不知道　艱苦樸素
首都北京

ang——夏天很長　貸款買房　常常颳大風　南方的花開了　欣賞美景
舉頭望明月

eng——天氣很冷　沒見過的朋友　內蒙草原　僧敲月下門　別做夢了
颳風下雪

ing——應該這樣說　雪還沒停　名人　牀前明月光　并且　平安
寧靜的教室

2. Listen to each question and circle the correct answer according to the texts.

（1）A. 三月　　　B. 四月　　　C. 五月　　　D. 六月
（2）A. 春季　　　B. 夏季　　　C. 秋季　　　D. 冬季
（3）A. 北京　　　B. 江南　　　C. 內蒙草原　D. 海南島
（4）A. 詩人　　　B. 老師　　　C. 書法家　　D. 科學家
（5）A. 一千歲　　　　　　　　B. 一千一百歲
　　　C. 一千二百多歲　　　　D. 一千三百多歲

3. Listen to the following dialogue and answer the questions.

（1）車上一共有幾個人？
（2）誰在開車？

（3）揹包放在哪兒了？揹包重不重？

（4）歲數大的男人揹得動揹包嗎？

（5）他讓誰揹揹包？那個人揹得動嗎？

4. Listen and fill in the blanks.

（1）北京一年有四個_____。

（2）這個問題不太_____。

（3）我不喜歡穿_____。

（4）我決定時間，你_____地點。

（5）他是個_____。

5. Listen and write in *pinyin*.

（1）_____

（2）_____

（3）_____

（4）_____

（5）_____

6. Listen and write the characters.

（1）_____

（2）_____

（3）_____

（4）_____

（5）_____

7. Role-play.

Listen to and imitate the dialogue together with your partner. Try to get the meaning of the dialogue with the help of your friends, teachers, or dictionaries.

8. Culture experience.

你打算去中國旅遊，向你的中國朋友或當地的旅行社瞭解一下，這個季節去中國的甚麼地方旅遊最好。

Reading and Writing Exercises

1. **Write the characters in the blank spaces, paying attention to the character components.**

jì	禾 + 子	季					
zá	亲 + 隹	雜					
hán	宀 + 井 + 一 + 八 + 冫	寒					
nuǎn	日 + 爫 + 一 + 友	暖					
yǔ	习 + 习	羽					
róng	纟 + 戎	絨					
gè	夂 + 口	各					
qún	衤 + 君	裙					
chú	阝 + 余	除					
xiàn	纟 + 戔	綫					
cǎo	艹 + 早	草					
xuǎn	巳 + 巳 + 先 + 辶	選					
zé	扌 + 四 + 幸	擇					
méng	艹 + 冖 + 一 + 豕	蒙					
wěi	亻 + 韋	偉					

yí	ヒ + 矢 + マ + 疋	疑					
shuāng	雨 + 相	霜					
shú	享 + 丸 + 灬	熟					
yè	丆 + 貝	頁					
dǐ	扌 + 氐	抵					
zhēn	王 + 人 + 彡	珍					
fēng	土 + 土 + 寸	封					
dù	木 + 土	杜					
fǔ	一 + 月 + 丨 + 丶	甫					
shā	艹 + 氵 + 少	莎					
yà	一 + 䒑	亞					

2. **Give the** *pinyin* **of the following groups of words and then translate them into English. Try to guess the meanings of the words you haven't learned and then confirm them with the help of your friends, teachers, or dictionaries.**

    （1）熱帶
        寒帶
        温帶
        亞熱帶
    （2）羽絨服
        工作服
        衣服
        西服

洋服
（3）裙子
　裤子
　襪子
　鞋子
　帽子
（4）古代
　近代
　現代
　當代

3. **Make up words formed by abbreviations after the models.**

For example：a. 北京大學——北大

b. 老人和小孩——老小

c. 男生和女生——男女生

（1）人民大學——

（2）農業大學——

（3）醫科大學——

（4）老師和學生——

（5）職員和工人——

（6）工業和農業——

（7）工業和商業——

（8）中國和美國——

（9）中國和法國——

（10）文化和教育——

（11）科學和技術——

4. **Match each of the following characters in the first line with that in the second to make a word according to the *pinyin* provided. Draw a line to connect the two.**

jìjié　　fùzá　　hándài　　nuǎnqì　　lùxiàn　　xuǎnzé

wěidà　shúliàn　zhēnguì　qúnzi　　cǎoyuán　yíwèn

季　寒　複　暖　選　路　熟　偉　疑　珍　裙　草

氣　雜　節　帶　練　擇　綫　問　子　原　大　貴

5. Fill in the blanks with the correct characters.

（1）你記得很_____。

今天天氣很_____。

（然　熱　熟）

（2）北京有四個_____節。

她是_____小姐。

（季　李　學）

（3）我們走的路_____對嗎？

蘋果多少_____一斤？

（錢　絨　綫）

（4）他向銀行_____款。

她去銀行交_____款。

（貴　貸　貨）

（5）中國海南島是熱_____氣候。

農業也要現_____化。

（帶　常　代）

6. Organize the characters in parentheses into Chinese sentences according to the *pinyin* given.

（1）Nǐ péngyou qiūtiān lái de liǎo ma?

（你秋天朋友得來了嗎）

_____

（2）Tā jiùshì qiūtiān lái bu liǎo, yě méiguānxi.

（就秋天是他不來了,也沒關係）

_____ ,_____

（3）Nǐ kàn wǒ chuān de nàme duō, lián lù dōu zǒu bu dòng le.
（就你我看得穿那麼多,連都路走不動了）

_____,_____

（4）Běijīng yí dào wǔyuè, tiānqì jiù rè qǐlai le.
（一到北京5月,就天氣起熱來了）

_____

（5）Chúle qiūtiān yǐwài, bié de jìjié yě kěyǐ lái Zhōngguó lǚyóu.
（除了秋天以外,可以季節別的也來中國旅遊）

_____,_____

7. **Fill in the blanks with the correct characters according to the _pinyin_.**

　　　　馬大爲的朋友要來中國旅遊,所以他問小燕子中國的氣 hòu _____ 情況。小燕子告訴他,從熱 dài _____ 到 hán _____ 帶, gè _____ 種氣候中國差不多都有。北京有四個 jì _____ 節,春天很短,冬天很長,從11月到第二年的4月,天氣都很冷。可是一到5月,天氣就熱起來了。小燕子還告訴馬大爲,zuìhǎo _____ 秋天來北京旅行。chú _____ 了秋天以外,別的季節也可以來中國旅遊,不同的季節可以去不同的地方。小燕子還給了馬大爲一些各地的旅遊介 shào _____。馬大爲很高興。

8. **Character riddle.**

　　　　二人頂破天。

　　　　　　（The key is a character.）

　　　　千個頭,八個尾,生一子,實在美。

　　　　　　（The key is a character.）

9. **Fill in the blanks with the proper verbs.**

（1）今天天很熱,得（　　）裙子。
（2）這麼多書,我不知道（　　）哪一本。
（3）你能（　　）得出昨天學的中國古詩嗎?
（4）你今天下午來得（　　）嗎?

10. Choose the correct answers.

(1) _____國都有自己的習慣。

　　　　A. 每　　　　B. 各　　　　C. 其他　　　　D. 別的

(2) 這本書很厚，我一天看不_____。

　　　　A. 了　　　　B. 動　　　　C. 下　　　　D. 起

(3) 王老師今天下午有別的事，來不_____。

　　　　A. 動　　　　B. 下去　　　　C. 起　　　　D. 了

(4) 他一緊張_____説不出話來。

　　　　A. 又　　　　B. 還　　　　C. 就　　　　D. 才

(5) 聽了他的話，大家都笑_____了。

　　　　A. 下去　　　　B. 上來　　　　C. 下來　　　　D. 起來

11. Make sentences by matching the words from part I with those from part II with lines.

I	II
除了口語課以外，	都是漢語難學習的原因
他不能喝酒，一喝	是"信"的意思
像聲調、漢字等，	我們還有聽力課
這些古詩	就臉紅
"家書抵萬金"的"書"	我們現在恐怕還讀不了

12. Write sentences with the words given.

For example：説　好　他　得　漢語　很　→　他漢語説得很好。

(1) 個　很　吧　問題　這　複雜

(2) 種　我　電影　各　看　都　差不多　喜歡

(3) 秋天　北京　來　你　最好

(4) 坐　多　電影院　嗎　這麼　得　下　人

(5) 東西　動　不　這些　拿　我

126

13. Make sentences with the words given.

（1）除了……以外

（2）吃得了

（3）放不下

（4）多起來

（5）一……就……

14. Change the following sentences into the statements with the structure "一……就……".

For example：他到以後我們馬上開會。→ 他一到，我們就開會。

（1）老師進教室以後馬上上課。

（2）我回家後馬上給你打電話。

（3）學校放假以後，我們馬上去旅行。

（4）他到北京以後馬上來找你。

（5）北京到十月以後天開始冷起來了。

15. Change the following sentences into the statements with the structure "除了……以外，還/都/也……".

For example：我們都知道這件事，只有他不知道。→除了他以外，我們都知道這件事。

（1）牆上掛着照片和一張地圖。

（2）這個學校有中國學生和外國學生。

（3）我們都去過北京，只有他沒去過。

（4）他會說英語、漢語和日語。

（5）張老師沒來，別的老師都來了。

16. Translate the following sentences into English.

(1) 他是我最好的朋友。

明天你最好早點來。

(2) 他長得很像他爸爸。

我們每天上很多課,像聽力課、口語課、寫作課。

(3) 我要給媽媽回一封信。

我們下回再來吧。

17. Decide whether the following statements are grammatically correct (T) or wrong (F).

(1) 各菜都嚐一嚐。　　　　　　　　　　(　　　)

(2) 除了小王以外,別的同學也來了。　　　(　　　)

(3) 我病了,上不了課。　　　　　　　　　(　　　)

(4) 天太熱,我不能睡覺。　　　　　　　　(　　　)

(5) 我們唱歌起來。　　　　　　　　　　　(　　　)

18. Decide whether the following statements are true (T) or false (F) according to the text in "Reading Comprehension and Paraphrasing" of this lesson.

(1) 賈島是唐代的詩人。　　　　　　　　　(　　　)

(2) 賈島的毛驢撞了韓愈的轎子。　　　　　(　　　)

(3) 韓愈是大官,但不是詩人。　　　　　　(　　　)

(4) 韓愈認爲"推門"比"敲門"好。　　　　　(　　　)

(5) 這個故事告訴我們"推敲"這個詞是怎麽來的。(　　　)

19. Answer the following questions.

(1) 你去中國旅行過嗎?

(2) 你知道中國的哪些名勝古跡?

（3）一年有四個季節,你喜歡哪一個季節？ 爲甚麼？

（4）你知道中國哪些有名的詩人？ 你喜歡詩嗎？

20. Read the passages and do the following exercises.

（1）Translate the following words according to the passage.

中國的旅遊業

　　中國面積很大,歷史悠久(yōujiǔ),自然條件複雜多樣。因此,中國有很多自然景觀和名勝古跡,比如黃山、張家界、北京故宮、西安兵馬俑、萬里長城等,都是世界級的旅遊資源。這些年來,中國經濟有了很大的發展,旅遊服務設施(shèshī)也得到了很大的改善(gǎishàn),越來越多的外國人喜歡來中國旅遊。據(jù)世界旅遊組織統計,2001 年中國一共接待了 8700 多萬遊客,中國已經成了世界旅遊大國。

　　旅遊活動在中國古代就有,中國歷史上出現了不少有名的旅行家,像徐霞客、鄭和等。明代航海家鄭和,從 1405 年起,先後七次帶領船隊出國訪問,最遠到達非洲東海岸。他們給後人留下了大量的地理著作。但一直到二十世紀八十年代,中國的旅遊業才成爲一門新的產業。現在,每年不但有很多外國遊客來中國旅遊,而且在國內或者到世界各地旅遊的中國人也越來越多了。

> Supplementary Words：
>
> 徐霞客(1586—1641)
> 鄭和(1371—1435)

　　a. 悠久

　　b. 資源

　　c. 設施

　　d. 改善

　　e. 接待

f. 著作

g. 產業

（2）Try to read and recite the following poem of Du Fu.

絕　句　　　　　　　　　　Jué Jù

兩個黃鸝鳴翠柳，　　　　Liǎng ge huánglí míng cuì liǔ,

一行白鷺上青天。　　　　Yì háng báilù shàng qīng tiān.

窗含西嶺千秋雪，　　　　Chuāng hán Xīlǐng qiān qiū xuě,

門泊東吳萬里船。　　　　Mén bó Dōngwú wàn lǐ chuán.

（3）Answer the following questions after reading the passage.

海南島

　　海南島是中國第二大島，也是中國最小的省，陸地面積 3 萬 4 千平方公里。她有熱帶、亞熱帶的氣候，四季如春，空氣質量很好，年平均氣溫是 22 到 25 度。海南人大多數是漢族，也有其他民族，像黎族、回族、苗族。這裡是中國著名的旅遊勝地，有藍天、有陽光、有大海、有沙灘（shātān），是"回到大自然的好地方"，是"沒有污染的島"。每年的冬季，都有很多國內和國外的遊客來到海南旅遊和休息。

a. 海南是中國第幾大島？

b. 海南的陸地面積是多少？

c. 海南島是中國比較大的省嗎？

d. 海南島的氣候怎麼樣？

e. 除了漢族，海南還有甚麼民族？

21. **Use at least 8 words and phrases from the following list to describe the climate of a city or country you know.**

熱帶　寒帶　氣候　氣温　天氣　季節　一……就……　熱起來　冷

起來　下雪　下雨　颱風　最好　旅遊　涼快　各　喜歡　鍛煉

22. **Write a short article to describe one of the customs in your country.**

第三十七課
Lesson 37

誰來埋單

Listening and Speaking Exercises

1. Pronunciation drills.

Read the following words or phrases aloud, paying special attention to the pronunciation of "ou, uo, iang, ao, an, uan".

ou ——下周的聚會　我們一起走吧　有人說　肉絲炒竹笋
　　　都是你的錯

uo ——中國朋友　你吃得太多了　請坐好　說笑話　　吃火鍋

iang ——我想請大家吃飯　搶着埋單　講一個故事　涮羊肉
　　　兩位新疆姑娘

ao ——好朋友　這個菜味道好極了　少說幾句話　請稍等　烤全羊

an ——米飯　　西餐廳　埋單　我們班　半個小時　一盤炒竹笋
　　　慢慢地還債

uan ——飯館　去圖書館　吃完晚飯　玩兒得高興　向銀行貸款

2. Listen to each question and circle the correct answer according to the texts.

(1) A. 力波　　　B. 小雲　　　C. 宋華　　　D. 林娜
(2) A. 力波　　　B. 小雲　　　C. 宋華　　　D. 林娜
(3) A. 上海　　　B. 西安　　　C. 北京　　　D. 內蒙
(4) A. 14　　　　B. 15　　　　C. 16　　　　D. 17
(5) A. 馬大爲　　B. 陳老師　　C. 宋華　　　D. 丁力波

3. Listen to the following dialogue and decide whether the statements are true (T) or false (F).

(1) 男的和女的在吃飯。　　　　　　　　　　　　　(　　)
(2) 今天是女的埋單。　　　　　　　　　　　　　　(　　)

（3）男的想吃四川菜。　　　　　　　　　　　　　（　　）

（4）女的不喜歡四川菜。　　　　　　　　　　　　（　　）

（5）女的覺得今天的菜味道不好，所以只吃了一點兒。（　　）

4. Listen and fill in the blanks.

（1）今天吃飯張老師＿＿＿＿＿＿＿＿。

（2）這件事＿＿＿＿＿＿＿＿學校決定。

（3）我給大家講一個＿＿＿＿＿＿＿＿。

（4）你吃飽了嗎？再＿＿＿＿＿＿＿＿一點兒米飯吧。

（5）中國人很＿＿＿＿＿＿＿＿老師。

5. Listen and write in *pinyin*.

（1）＿＿＿＿＿＿＿＿＿＿＿＿＿＿＿＿＿＿＿＿＿＿＿＿＿＿

（2）＿＿＿＿＿＿＿＿＿＿＿＿＿＿＿＿＿＿＿＿＿＿＿＿＿＿

（3）＿＿＿＿＿＿＿＿＿＿＿＿＿＿＿＿＿＿＿＿＿＿＿＿＿＿

（4）＿＿＿＿＿＿＿＿＿＿＿＿＿＿＿＿＿＿＿＿＿＿＿＿＿＿

（5）＿＿＿＿＿＿＿＿＿＿＿＿＿＿＿＿＿＿＿＿＿＿＿＿＿＿

6. Listen and write the characters.

（1）＿＿＿＿＿＿＿＿＿＿＿＿＿＿＿＿＿＿＿＿＿＿＿＿＿＿

（2）＿＿＿＿＿＿＿＿＿＿＿＿＿＿＿＿＿＿＿＿＿＿＿＿＿＿

（3）＿＿＿＿＿＿＿＿＿＿＿＿＿＿＿＿＿＿＿＿＿＿＿＿＿＿

（4）＿＿＿＿＿＿＿＿＿＿＿＿＿＿＿＿＿＿＿＿＿＿＿＿＿＿

（5）＿＿＿＿＿＿＿＿＿＿＿＿＿＿＿＿＿＿＿＿＿＿＿＿＿＿

7. Role-play.

Listen to and imitate the dialogue together with your partner. Try to get the meaning of the dialogue with the help of your friends, teachers, or dictionaries.

8. Culture experience.

（1）你想去中國餐廳吃飯。問問你的中國朋友中國菜的名字。然後約你
　　的朋友一起去。

（2）去一家中國餐館點幾個地道的中國菜，談談你吃過後的感覺。然後

跟餐館裡做菜的師傅聊一聊，多瞭解一些關於中國的飲食文化，并介紹給你的朋友。

9. **Read the following menu and make up a dialogue with your partner, imagining you are ordering dishes or paying the bill at a restaurant.**

上海冷盆及湯羹	人民幣（元）
咸蛋黃蒸釀魷魚	58
港式醬燒琵琶鴨	58
蜜汁碳燒豬頸肉	68
白酒片香豬蹄肉	38
瑤柱魚肚猴菇湯	58
家禽及肉類	
巧手北京片皮鴨	180/220
羅漢上素局乳鴿	68
陳皮蒸鮮牛肉餅	58
咸魚蒸五花腩片	58
金腿花菇玉樹鷄	88

配菜	人民幣（元）
竹笙鼎湖上素齋	78
四季時令鮮蔬菜	38
蝦醬驛站豆腐煲	58
鷄蝦粒福建燒飯	70
雪菜火鴨絲米粉	58
廚師精選	
特色木瓜炖魚翅	395
翡翠三頭鮮鮑魚	288

Reading and Writing Exercises

1. **Write the characters in the blank spaces, paying attention to the character components.**

mái	扌 + 里	埋					
qiǎng	扌 + 倉	搶					
zhàng	貝 + 長	賬					
zhì	牛 + 冂 + 刂	制					

gǎn	木 + 敢	橄						
lǎn	木 + 覽	欖						
tái	扌 + 臺	擡						
gē	哥 + 欠	歌						
jìng	苟 + 攵	敬						
jiāng	弓 + 丬 + 一 + 田 + 一 + 田 + 一	疆						

2. **Give the *pinyin* of the following groups of words and then translate them into English. Try to guess the meanings of the words you haven't learned and then confirm them with the help of your friends, teachers, or dictionaries.**

    （1）餐廳
        客廳
        門廳
        舞廳
    （2）賬單
        菜單
        節目單
    （3）球場
        菜場
        操場
        運動場
    （4）橄欖球
        籃球
        足球
        排球
        乒乓球
        羽毛球
        網球

（5）敬酒
　　敬茶
　　敬烟

（6）照相機　　　　　　　辦公室
　　借書證　　　　　　　通知單
　　服務員　　　　　　　出租車
　　展覽館　　　　　　　圖書館
　　美術館　　　　　　　博物館
　　園藝師　　　　　　　科學家
　　植物園　　　　　　　中秋節
　　外交官　　　　　　　橄欖球
　　太極劍　　　　　　　電影院
　　兵馬俑　　　　　　　羽絨服
　　建國門　　　　　　　音樂會
　　漢語課　　　　　　　火車站
　　外國人　　　　　　　葡萄酒
　　君子蘭　　　　　　　明信片
　　人民幣　　　　　　　高科技
　　小意思　　　　　　　小學生
　　小汽車　　　　　　　小時候
　　副作用　　　　　　　亞熱帶
　　北温帶　　　　　　　內蒙古
　　商品經濟　　　　　　中華民族
　　漢語詞典　　　　　　公共汽車
　　古典音樂　　　　　　現代京劇

3. **Match each of the following characters in the first line with that in the second to make a word according to the *pinyin* provided. Draw a line to connect the two.**

wǎnfàn　　cāntīng　　fùzhàng　　qǐngkè　　xiàohua　　gǎnlǎn

qiǎngqiú　　táijǔ　　mínge　　zūnjìng　　Měngzú　　Xīnjiāng

餐 晚 笑 請 付 橄 擡 搶 民 尊 新 蒙

賬 廳 飯 話 客 舉 欖 球 敬 族 歌 疆

4. Fill in the blanks with the correct characters.

（1）明天上午_____口語。

今天晚上吃_____牛肉。

（靠　烤　考）

（2）我給你們講個笑_____。

她們在一起生_____。

（活　括　話）

（3）那是蒙族_____娘。

內蒙是她們的_____鄉。

（故　沽　姑）

（4）他們班_____陳老師一起去新疆旅遊。

她去_____行還貸款。

（很　跟　銀）

5. Organize the characters in parentheses into Chinese sentences according to the *pinyin* given.

（1）Sì wèi gūniang yòu jiēzhe chàng xiàqu.

（姑娘四位又唱下去接着）

_____

（2）Tóngxuémen qù nǎ jiā dōu xíng.

（去哪家同學們行都）

_____

（3）Jīntiān shéi máidān dōu xíng.

（埋單今天都一樣誰）

_____

137

（4）Wǒ shénme dōu xiǎng chī.

（都我想甚麼吃）

_____

（5）Duìmiàn de nà jǐ wèi qiǎng de bǐ wǒmen hái rènao ne.

（那幾位對面的還熱鬧搶得比我們呢）

_____

（6）Yóu wǒmen zhè sì wèi gūniang xiàng nǐmen jìngjiǔ.

（向你們由姑娘敬酒我們這四位）

_____

6. **Fill in the blanks with the correct characters according to the _pinyin_.**

上星期六，我們班的同學和陳老師一起去內 měng _____草原旅遊。我們一共去了 16 個人。在草原，我們按蒙族的習慣吃了 kǎo _____全羊。我們一坐好，就有兩位蒙族姑娘 tái _____出烤全羊來，另外兩位蒙族姑娘唱着蒙族民歌。陳老師的歲數最大，所以四位姑娘 shǒu _____先向陳老師 jìng _____酒，rán _____後請陳老師吃第一塊羊肉。jiē _____着，四位姑娘給我們每一個人敬酒，敬羊肉。我們也唱起來，越唱越高興。那個晚上我們都過得很 yú _____快。

（Key to the riddle in Lesson 36：夫、季）

7. **Fill in the blanks with the proper verbs.**

（1）我（   ）我的同學一起旅行。

（2）上課的時候同學們（   ）着回答老師的問題。

（3）他不（   ）你的意思。

（4）讓我們（   ）起酒杯一起乾杯。

（5）給你（   ）麻煩了，真對不起。

8. **Choose the correct answers.**

（1）火車票_____力波去買。

     A. 按   B. 把   C. 由   D. 才

（2）你説得很好,請説_____。

        A. 起來   B. 下去   C. 出來   D. 上來

（3）他剛開始學習漢語,_____也不懂。

        A. 誰   B. 哪兒   C. 怎麼樣   D. 甚麼

（4）我每天晚上 11 點睡覺,他睡得_____我還晚。

        A. 比   B. 又   C. 連   D. 再

（5）他越着急_____説不出話。

        A. 就   B. 還   C. 越   D. 才

9. **Make sentences by matching the words from part I with those from part II with lines.**

        I   II

    誰當我們的班長   唱得比我好聽

    他介紹完了   都一樣

    你比我   越説越流利

    他的漢語   你接着介紹

    我姐姐唱歌   個子高

10. **Write sentences with the words given.**

    For example：説 好 他 得 漢語 很 → 他漢語説得很好。

    （1）下 買 我們 再 吧 回

    （2）也 怎麼 明白 不 我

    （3）尊敬 的 最 是 受 人 張老師

    （4）跳舞 他 我 比 跳 差 得

    （5）個 快 越 那 説 人 越

11. **Make sentences with the words given.**

    （1）比……唱得好

    （2）比……説得流利

（3）比……懂得多
（4）比……天氣熱
（5）比……學習努力

12. **Make sentences with the words given, using the stucture "越…越…".**
   For example：雨　　下　　大　　→　　雨越下越大了。
   （1）我們　玩兒　高興

   （2）他　走　快

   （3）老爺爺　活　年輕

   （4）傑克　漢語　學　好

   （5）人　多　有意思

13. **Decide whether the following statements are grammatically correct（T）or wrong（F）.**
   （1）把賬單給我，由我埋單。　　　　　　　　　　（　　）
   （2）吃完飯，大家搶付錢。　　　　　　　　　　　（　　）
   （3）南方比北方空氣好。　　　　　　　　　　　　（　　）
   （4）中國音樂很好聽，我們越聽越來越喜歡。　　　（　　）
   （5）我們甚麼都不怕。　　　　　　　　　　　　　（　　）

14. **Decide whether the following statements are true（T）or false（F）according to the text in "Reading Comprehension and Paraphrasing" of this lesson.**
   （1）巧雲在上海的一個中國人家裡當阿姨。　　　　（　　）
   （2）巧雲一點兒英語也不會說。　　　　　　　　　（　　）
   （3）主人不知道竹筍是甚麼，所以問巧雲。　　　　（　　）
   （4）竹筍太多不能長出好竹子。　　　　　　　　　（　　）
   （5）最後巧雲很清楚地回答了主人的問題，主人很滿意。（　　）

15. Answer the following questions.

（1）你吃過中國菜嗎？你喜歡中國菜嗎？介紹一個你最喜歡的中國菜。

（2）你知道中國人和朋友一起吃飯時有些甚麼習慣？中國人的這些習慣和你們國家的習慣一樣嗎？說說一樣的地方和不一樣的地方。

（3）你會做菜嗎？說說你做得最好的菜是甚麼。

（4）你覺得中國菜和你們國家的菜有甚麼不一樣？

16. Read the passages and do the following exercises.

（1）Translate the following words according to the passage.

怎樣做宮爆鷄丁？

宮爆鷄丁是比較受歡迎的中國菜之一。怎樣做宮爆鷄丁？

A. 準備原料（yuánliào）：

　　a. 主料：鷄肉 300 克。

　　b. 配料：香花生仁 100 克。

　　c. 調料：葱白丁、薑片、蒜片、植物油、湯、乾辣椒、花椒、醬油、白糖、料酒、醋、水澱粉。

B. 做法：

　　a. 把鷄肉洗乾淨，切成 2 厘米大小的鷄丁，放在碗裡加醬油、料酒、水澱粉。另外用一個碗，把醬油、白糖、料酒、醋和水澱粉用湯做成汁。

　　b. 把炒鍋放在大火上，放油，燒到五六成熟，然後把乾辣椒和花

椒炒一下,把鷄丁放到鍋裡炒散,加上葱、薑、蒜跟鷄丁炒勻,
再把調好的汁倒進去,最後加花生仁,翻炒幾下趕快起鍋。
這樣,宮爆鷄丁就做好了。我先嚐一嚐,"啊!味道好極了。"

a. 宮爆鷄丁
b. 花生仁
   花生
c. 調料
d. 葱
e. 薑
f. 蒜
g. 油
h. 辣椒
i. 花椒
j. 醬油
k. 料酒
l. 醋
m. 炒

(2) Try to read and recite the following poem.

憫 農   Mǐn Nóng

〔唐〕李 紳   [Táng] Lǐ Shēn

鋤禾日當午,   Chú hé rì dāng wǔ,

汗滴禾下土。   Hàn dī hé xià tǔ.

誰知盤中餐,   Shéi zhī pán zhōng cān,

粒粒皆辛苦。   Lì lì jiē xīn kǔ.

(3) Read the passage and try to retell the story.

東坡肉

宋代大文學家蘇東坡,因爲得罪(dézuì)了皇帝,就被派到湖北的黄州做了一個小官。到了黄州以後,他心裡很不愉快,除了看書、作詩以外,就是自己做菜喝酒。黄州這個地方豬肉(zhūròu)很便宜,他就經常自己炖(dùn)肉吃。爲了不影響看書寫文章,他不用大火炖,只用小火。這樣就不用坐在旁邊,等到聞到肉香味兒再去看一看就行。他用小火炖

142

的猪肉味道很好。他很欣賞自己做的這道菜,就寫了一首詩,題目是"食猪肉":

黃州好猪肉,
價錢如糞土。
富者不肯吃,
貧者不解煮。
慢着火,少着水,火候足時它自美。
每日起來打一碗,飽得自家君莫管。

"食"就是"吃"的意思。這首《食猪肉》詩在老百姓中間流傳開了,老百姓按蘇東坡的方法炖猪肉,都説很好吃,就把這種炖肉叫做"東坡肉"。現在,很多中國飯館都有這道名菜。

17. **Complete the passage according to the texts of this lesson.**

今天是星期六,我們班的同學和陳老師一起去內蒙草原旅行。我們按蒙族的習慣吃了烤全羊……

18. **Use at least 8 words and phrases from the following list to describe one dinner or lunch you had with your friends or classmates.**

約　餐廳　埋單　請客　AA制　搶着付錢　賬單　烤　乾杯　敬酒
首先　然後　接着　越……越……　愉快

19. **Write a short article to introduce how to cook your favourite dish.**

第三十八課
Lesson 38

你聽，他叫我"太太"

Listening and Speaking Exercises

1. Pronunciation drills.

Read the following words or phrases aloud, paying special attention to the pronunciation of "d, t, j, q, f, k".

d——小燕子的朋友　等一等　不知道　決定　走馬燈　對聯
　　唐代大詩人

t——吃喜糖　胡同　真讓人頭疼　他們幾個人　特點　叫岳母太太

j——表姐　傑克　相愛結婚　出嫁　登記　舉行婚禮　坐花轎
　　動腦筋

q——有趣的故事　牆上掛着一幅畫　親戚朋友　別生氣　慶祝　旗子

f——幸福快樂　政府　父母　坐飛機來到北京　你瘋了嗎　一封信

k——請客人吃飯　開口說話　讀一段課文　可是　別客氣　艱苦樸素

2. Listen to each question and circle the correct answer according to the texts.

（1）A. 小燕子　　　　　B. 王小雲　　　　C. 林娜　　　D. 玉蘭
（2）A. 去政府登記　　　B. 請客　　　　　C. 旅行　　　D. 拿結婚證
（3）A. 教堂　　　　　　B. 新娘的家　　　C. 新郎的家　D. 公園裡
（4）A. 旅行　　　　　　B. 看望玉蘭的父母　C. 學習漢語　D. 工作
（5）A. 紅色的一個喜字　B. 白色的一個喜字　C. 紅雙喜字　D. 白雙喜字

3. Listen to the following dialogue and decide whether the statements are true (T) or false (F).

（1）男的和女的今天下午結婚。　　　　　（　　　）
（2）他們兩個人都很高興。　　　　　　　（　　　）
（3）他們上午去政府拿結婚證。　　　　　（　　　）
（4）晚上在他們的家請客人吃飯。　　　　（　　　）

144

（5）女的不要男的喝太多酒。　　　　　　（　　）

4. Listen and fill in the blanks.

（1）昨天玉蘭＿＿＿＿＿給了傑克。

（2）現在才 10 點，不＿＿＿＿＿晚。

（3）他住在我家的旁邊，是我的＿＿＿＿＿。

（4）她不懂我們的＿＿＿＿＿，請不要生氣。

（5）我妻子的爸爸是我的＿＿＿＿＿。

5. Listen and write in *pinyin*.

（1）＿＿＿＿＿＿＿＿＿＿＿＿＿＿＿＿＿＿＿＿＿＿＿＿＿＿

（2）＿＿＿＿＿＿＿＿＿＿＿＿＿＿＿＿＿＿＿＿＿＿＿＿＿＿

（3）＿＿＿＿＿＿＿＿＿＿＿＿＿＿＿＿＿＿＿＿＿＿＿＿＿＿

（4）＿＿＿＿＿＿＿＿＿＿＿＿＿＿＿＿＿＿＿＿＿＿＿＿＿＿

（5）＿＿＿＿＿＿＿＿＿＿＿＿＿＿＿＿＿＿＿＿＿＿＿＿＿＿

6. Listen and write the characters.

（1）＿＿＿＿＿＿＿＿＿＿＿＿＿＿＿＿＿＿＿＿＿＿＿＿＿＿

（2）＿＿＿＿＿＿＿＿＿＿＿＿＿＿＿＿＿＿＿＿＿＿＿＿＿＿

（3）＿＿＿＿＿＿＿＿＿＿＿＿＿＿＿＿＿＿＿＿＿＿＿＿＿＿

（4）＿＿＿＿＿＿＿＿＿＿＿＿＿＿＿＿＿＿＿＿＿＿＿＿＿＿

（5）＿＿＿＿＿＿＿＿＿＿＿＿＿＿＿＿＿＿＿＿＿＿＿＿＿＿

7. Role-play.

Listen to and imitate the dialogue together with your partner. Try to get the meaning of the dialogue with the help of your friends, teachers, or dictionaries.

8. Culture experience.

去參加一場中國人的婚禮，或者向你的中國朋友瞭解一些中國婚禮的情況。比較一下中國的婚禮和你們國家的婚禮有哪些相同點和不同點，然後和你的同學和朋友一起說說你們的看法。

9. Look at the pictures which show the scenes of a traditional wedding ceremony in China. Describe the pictures and discuss them with your partner.

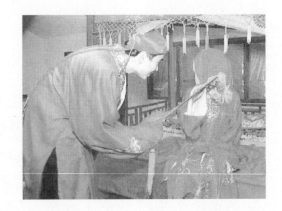

Reading and Writing Exercises

1. **Write the characters in the blank spaces, paying attention to the character components.**

jià	女 + 家	嫁					
xìng	土 + 丷 + 干	幸					
fú	礻 + 畐	福					
zhèng	正 + 攵	政					
tiē	貝 + 占	貼					
pī	扌 + 比	批					
píng	言 + 平	評					
jiào	車 + 喬	轎					
yàn	宀 + 日 + 女	宴					
xí	广 + 廿 + 巾	席					
táng	丷 + 冖 + 口 + 土	堂					
qī	丿 + 上 + 小 + 戈	戚					

146

yuè	丘 + 山	岳					
jié	亻 + 桀	傑					
kè	十 + 兄	克					
liáng	曰 + 一 + 里	量					
liǎ	亻 + 兩	倆					
jīn	竹 + 月 + 力	筋					
guī	夫 + 見	規					
jǔ	矢 + 巨	矩					
jū	尸 + 古	居					
hú	古 + 月	胡					
yé	父 + 耳 + 阝	爺					
xī	宀 + 木 + 心	悉					
shuāng	隹 + 隹 + 又	雙					

2. Give the *pinyin* of the following words and phrases and then translate them into English.

愛好   很好

還書   還有

便宜   方便

得去   得到

教跳舞   教練

覺得　　　　　　　睡覺
空氣　　　　　　　有空兒
快樂　　　　　　　音樂
旅行　　　　　　　銀行
兩種　　　　　　　種樹
重要　　　　　　　萬重山

3. Give the *pinyin* of the following groups of words and then translate them into English. Try to guess the meanings of the words you haven't learned and then confirm them with the help of your friends, teachers, or dictionaries.

(1) 表姐
　　表弟
　　表哥
　　表妹
(2) 客人
　　客房
　　客廳
　　客車
　　客機
　　客氣
(3) 教堂
　　禮堂
　　課堂
　　食堂
　　澡堂
(4) 喜糖
　　白糖
　　紅塘
　　冰糖
　　水果糖

4. Match each of the following characters in the first line with that in the second to make a word according to the *pinyin* provided. Draw a line to connect the two.

xìngfú　　zhèngfǔ　　pīpíng　　yànxí　　qīnqi　　jiàotáng

shāngliang　nǎojīn　　guīju　　línjū　　juédìng　chúshī

批　親　政　幸　宴　廚　教　商　腦　鄰　規　決

府　席　評　戚　福　居　筋　矩　定　量　師　堂

5. **Fill in the blanks with the correct characters.**

（1）他們在教_____舉行婚禮。

學生_____去圖書館。

（堂　常）

（2）你們_____定去哪兒?

你_____給她回電話。

（快　決）

（3）這間臥室有12 _____方米。

大家都批_____他。

（平　評）

（4）你們_____一起去。

她們_____個都不去。

（輛　倆　兩）

（5）他不懂我們的規_____。

你_____道他們在哪兒結婚嗎?

（和　矩　知）

6. **Organize the characters in parentheses into Chinese sentences according to the _pinyin_ given.**

（1）Zhé hái bú suàn shì qǐngkè.

（算是這不還請客）

（2）Shuōdào yànxí, wǒmen zhǐ qǐng qīnqi péngyou zài yìqǐ hē jiǔ.

（説到宴席,我們朋友在一起喝杯酒只請親戚）

（3）Wǒmen yǐjing jiéhūn hǎojǐ ge yuè le.

（已經我們好幾個月結婚了）

_____

（4）Tāmen shéi yě bú rènshi shéi.

（誰也他們不認識誰）

_____

（5）Nǐmen zhèyàng zuò hǎo de hěn.

（你們做好這樣得很）

_____

7. **Fill in the blanks with the correct characters according to the _pinyin_.**

傑克和玉蘭旅行結 hūn _____以後，告訴了大爲。大爲祝他們新婚幸 fú _____。傑克高興地請大爲吃喜 táng _____，大爲還要他們按中國人的習 guàn _____，請客吃飯。傑克不知道該怎麼做。第二天，傑克和玉蘭去農村看望玉蘭的父母。兩位老人正在 shāng _____量擺 yàn _____席的事。因爲這是農村的 guī _____矩。如果不請客，親 qi _____朋友會說他們。玉蘭認爲不用請客了。可是兩位老人不同 yì _____，最後他們決定 yóu _____他們來辦。

8. **Character riddle.**

池中沒有水，地上沒有土，他家沒有人。

(The key is a character.)

9. **Fill in the blanks with the proper verbs.**

（1）她（   ）給了一位廚師，生活很幸福。

（2）明天這裡要（   ）一次很大的活動。

（3）大爲在牆上（   ）紅雙喜字。

（4）小燕子沒有（   ）我的氣。

（5）媽媽（   ）孩子不認真學習。

10. Choose the correct answers.

（1）這次_____是你對了。

　　　　A. 看　　　　B. 算　　　　C. 連　　　　D. 太

（2）我們已經等了他_____幾個小時了。

　　　　A. 很　　　　B. 太　　　　C. 好　　　　D. 多

（3）這個足球場坐得_____2萬人。

　　　　A. 上　　　　B. 下去　　　　C. 起　　　　D. 下

（4）我們以後不_____來這裡了。

　　　　A. 又　　　　B. 還　　　　C. 就　　　　D. 再

（5）他那麼年輕,_____像是四十歲的人!

　　　　A. 誰　　　　B. 甚麼　　　　C. 哪兒　　　　D. 怎麼樣

11. Make sentences by matching the words from part I with those from part II with lines.

I	II
你想去哪兒	説得不太流利
他説漢語	我也得去
今天的天氣比昨天	不是這個意思
説甚麼	就去哪兒
我説的	冷多了

12. Write sentences with the words given.

For example：説　好　他　得　漢語　很　→　他漢語説得很好。

（1）得　我　口　可是　開　了　怎麼

（2）玉蘭　嫁　決定　傑克　給　已經　了

（3）腦筋　我　是　爸爸　老

（4）不　她　吃　甚麼　想　也

（5）已經　幾　好　結婚　個　他們　了　月

13. **Make sentences with the words given.**

（1）說到……

（2）不算很好

（3）甚麼……甚麼……

（4）又……又

（5）……得很

14. **Change the following sentences into the statements with the interrogative pronouns given.**

For example：他所有的東西都不想吃。（甚麼）→ 他甚麼也不想吃。

（1）這個電影很有意思，大家都喜歡看。（誰）

（2）他沒有錢，沒出去旅行過。（哪兒）

（3）我好像在一個地方看見過他。（哪兒）

（4）你別問他了，他一點兒也不知道。（甚麼）

（5）今天早上他身體不好，一點兒東西也沒吃。（甚麼）

15. **Translate the following sentences into English.**

（1）我老了，今年78歲了。

（2）你爸爸是老腦筋，和我們想的不一樣。

（3）說到旅行的事兒，你們決定去還是不去？

（4）你別說他了，他已經知道錯了。

（5）他住的地方很好找。

（6）我問了好幾個人，才找到那個書店。

16. Decide whether the following statements are grammatically correct (T) or wrong (F).

（1）玉蘭嫁傑克了。　　　　　　　　（　　　）

（2）北京的天氣熱得很。　　　　　　　（　　　）

（3）他們倆個是我的好朋友。　　　　　（　　　）

（4）我看那本書完了。　　　　　　　　（　　　）

（5）這些生詞你記得住記得不住？　　（　　　）

17. Decide whether the following statements are true (T) or false (F) according to the text in "Reading Comprehension and Paraphrasing" of this lesson.

（1）中國人在過生日的時候,常常在門上貼一個"喜"字。　　（　　　）

（2）王安石是清代文學家。　　　　　　　　　　　　　（　　　）

（3）出上聯的是一位小姐。　　　　　　　　　　　　　（　　　）

（4）王安石沒有和那位小姐結婚。　　　　　　　　　　（　　　）

（5）王安石考試考得很好。　　　　　　　　　　　　　（　　　）

18. Answer the following questions.

（1）在你們國家,人們結婚有哪些習慣?

（2）你參加過中國人的婚禮嗎? 如果參加過,介紹一下那次婚禮的情況。

（3）除了課文中介紹的中國人結婚的習慣,你還知道別的嗎?

（4）在你的國家,如果你的朋友要結婚,你會送甚麼禮物?

19. Read the passages and do the following exercises.

（1）Translate the following words according to the passage.

他們真的戀愛了

拉法是一位法國姑娘，找了一位中國小夥子做丈夫。

拉法在語言學院學習漢語。一天傍晚（bàngwǎn），她在校園的小路上散步，對面過來了幾個中國小夥子。一個高個子的小夥子笑着對拉法説：“嗨！你好，歡迎你來中國！”然後他們就笑着走了。

後來，拉法常在小路上見到他，每次都要互相打招呼（dǎ zhāohu）。拉法剛開始學漢語，小夥子既不會説法語，又不會説英語，他們倆就靠簡單的漢語和手勢（shǒushì）談話。除了身體健康、個子高大以外，小夥子給拉法最深的印象（yìnxiàng）就是實在、熱情。

拉法學習很忙，她常常吃方便面，不去留學生餐廳吃飯。有一天傍晚，拉法正在圖書館看書，小夥子捧（pěng）着一盒餃子，悄悄（qiāoqiāo）地把拉法叫到外邊，要她吃晚飯。拉法被這個熱情的小夥子感動了。她覺得他真不錯。

一個周末，拉法和幾個法國朋友去爬長城。因爲衣服穿得太少，回來就感冒了。她頭疼，發燒，不想吃東西，一直睡到第二天中午。這時，拉法聽到有人在輕輕地敲宿舍門，她頭很暈，爬起來去開門。她看見那個小夥子正捧着一碗熱湯麵站在門口。拉法好像見到親人一樣，激動得哭了，她説：“謝謝，請進！”

小夥子看拉法病得不輕，心裡也很難過（nánguò）。他讓拉法躺下休息，又是倒水，又是餵藥，打着手勢，勸（quàn）拉法吃了半碗熱湯麵，還陪着她去醫院打針。拉法雖然頭很暈，但心裡很明白。她覺得自己願意聽他的話，已經愛上這個中國小夥子了。

後來，他們經常在一起，拉法的漢語水平提高得很快。他們互相瞭解得越來越多，感情也越來越深。他們真的戀愛（liàn'ài）了。

這小夥子叫李華，當時，他是語言學院的一個普通工人。他很善良（shànliáng）、也很真誠（zhēnchéng），走到哪兒都有很多朋友。他第一次跟拉法打招呼，只是跟幾個朋友打賭（dǎdǔ），要表示自己的勇氣（yǒngqì）。後來他真的喜歡上了這個漂亮、熱情的法國姑娘，所以他特別關心她的生活和學習。

有人問拉法，你爲甚麼喜歡一個普通的中國工人。拉法回答説：“我不管小夥子做甚麼工作，有沒有錢，我喜歡的是他的真誠和實在。一個對朋友那麼真誠的人,一定是個值得相信的男人。"

後來,他們倆結婚了。小夥子跟拉法一起去了法國,聽説,他們倆現在已經有兩個孩子了,一家人生活得很幸福。

a. 傍晚

b. 打招呼

c. 手勢

d. 印象

e. 悄悄

f. 捧

g. 親人

h. 難過

i. 勸

j. 戀愛

k. 善良

l. 真誠

m. 打賭

(2) Try to read and recite the following Tang poem.

無　題　　　　　　　　Wú Tí

　[唐] 李商隱　　　　　[Táng] Lǐ Shāngyǐn

相見時難別亦難,　　　Xiāng jiàn shí nán bié yì nán,

東風無力百花殘。　　　Dōngfēng wú lì bǎi huā cán.

春蠶到死絲方盡,　　　Chūncán dào sǐ sī fāng jìn,

蠟炬成灰泪始乾。　　　Là jù chéng huī lèi shǐ gān.

(3) Complete the following statements after reading the passage.

拜天地

中國人舉行婚禮,一定要三拜(bài):一拜天地,二拜父母,三是夫妻對拜。"拜天地"的風俗中國古代就有,已經有好幾千年的歷史了。

傳説,女媧(Nǚwā)造人的時候,開始只用泥土(nítǔ)造了一個男孩子。一年一年地過去了,男孩子已經長成大人。他是一個很健康、很帥

155

的小夥子,常常在月光下散步。他對月亮說:"月亮啊,月亮! 要是有一個女孩子,每天晚上像你一樣陪着我散步,那該多好!"這時,月亮裡走出一位老人,飛到了他的面前。老人笑着問小夥子:"你剛才說甚麼? 是不是想結婚了? 我是管婚姻大事的老人。大家都叫我'月老'。你是不小了,該有妻子了。小夥子,別着急,這事兒我去給你想辦法。"月老說完話,一轉身(zhuǎnshēn)就不見了。小夥子還以爲自己在做夢呢。

月老真的找女媧去了,他把小夥子希望有一個女朋友的事兒跟她說了。女媧哈哈大笑,她說:"我怎麼把他的事兒忘了呢? 謝謝月老提醒(tíxǐng)我。您等一等,我現在就給他造一個姑娘。"女媧一會兒就造好了一個美麗的姑娘。

月老帶着姑娘去見那個年輕人,那個小夥子一見這位姑娘就很喜歡。

月老說:"你們互相都還滿意(mǎnyì)吧? 要是你們同意(tóngyì),我現在就給你們舉行婚禮。"他們倆都表示同意。月老說:"好,你們站好,聽我的。婚禮開始,新郎新娘一拜天地!"他們倆就拜天地。月老又說:"二拜父母。"小夥子問月老:"誰是我們的父母?"

月老說:"這事兒你們以後去問女媧吧。你們父母不在這兒,就拜我月老吧。"姑娘和小夥子都說:"我們是該感謝您!"他們就拜了月老。月老高興地說:"祝你們倆生活幸福。第三,新郎新娘對拜。"小夥子和姑娘聽了,就互相拜了一拜。

從此,舉行婚禮要"拜天地"就流傳下來了。現在中國農村舉行婚禮還有這"三拜"。

a. 一拜＿＿＿＿＿＿＿＿＿＿＿＿＿。
b. 二拜＿＿＿＿＿＿＿＿＿＿＿＿＿。
c. 第三拜是＿＿＿＿＿＿＿＿＿＿＿。
d. 現在＿＿＿＿＿＿＿＿＿＿＿舉行婚禮還有這三拜。

20. **Use at least 8 words and phrases from the following list to describe the wedding ceremony and marriage custom in China.**

去政府登記　拿結婚證　喜糖　紅雙喜字　舉行婚禮　請客
熱鬧得很　擺宴席　岳父　岳母　規矩　算

156

21. One of your Chinese friends is getting married. Think about the wedding gift you plan to give him/her. And then write a card to him/her to express your best wishes and the reason why you choose the specific gift.

（Key to the riddle in Lesson 38：也）